KB003899

내일 엄마가 죽는다면

어른의 조언이 꼰대의 잔소리로 치부되면서 세대 간의 교류가 귀해진 요즘. 좋은 어른의 말이란 이런 거구나, 나까지 귀담아듣게 된다. 좋은 것만 물려주고 싶은 엄마의 마음을 고스란히 담아서일까. 이 책을 읽고 나니 딸을 가진 세상의 모든 엄마의 속마음이 보인다. 좋은 어른의 진심 어린 격려와 위로의 말이 듣고 싶은 이에게, 이제는 들을 수 없는 부모의 목소리가 그리운 이에게, 그리고 자녀와 한 걸음 더 가까워지고 싶은 부모에게 이 책을 권한다.

– 《생각의 각도》 저자, 심리학 박사 이민규

이 책을 읽는 내내 소중한 아이를 품 안에 넣고 귓가에 속삭이는 엄마의 마음을 고스란히 느낄 수 있었다. 작가가 가진 생각의 깊이만큼 그것을 담아내는 온기도 풍성하다. 마치 《탈무드》처럼 작가의 렌즈를 통해 바라본 세상은 비단 아이들뿐만 아니라 어른들에게도 인생에 대한 새로운 관점을 제시해준다. 살면서 나란 존재가 한없이 약하고 작게만 느껴질 때, 누군가의 어깨에 마냥 기대고 싶을 때마다 이 책을 꺼내서 읽고 싶다.

– KBS 드라마 <김과장>, <추리의 여왕2> PD 최윤석

이 책은 한 엄마의 삶이 생생하게 담긴 이야기입니다. 이 책을 읽으면서 알랭 아야수의 《세상의 모든 딸들에게》가 떠올랐습니다. 주제와 사연은 다르지만, 저자가 자신의 부모님으로부터 받은 사랑이 자녀로 이어진다는 점에서 두 책은 무척 닮았습니다. 세상의 모든 딸과 어머니의 손에 이 책이 전해지기를 기대합니다.

– 경기도 하남시장 김상호

이 책을 읽는 동안 난 저자의 딸이 되었다. "그럴 수도 있다"며 위로해주는 그녀의 따스한 눈빛과 포옹에, "더 많이 사랑하라"며 보내는 환한 미소에 살아갈 힘과 용기를 얻었다. 행복은 우리 안에 있다는 고귀한 진실과 겨울이 길어도 반드시 봄이 찾아온다는 빛나는 희망도 배웠다. 이 책을 펼쳐드는 순간 당신은 선물 같은 오늘을 마주할 것이다.

– 前 YTN 아나운서 이윤지

나는 이미 브런치를 통해 그녀와 사랑에 빠졌다. 그녀의 글은 늘 따뜻했고 인간미가 넘쳤다. 이 책 역시 마찬가지다. 책장을 넘길수록 마음의 온도가 올라갔다. 우리에겐 우울한 시기도, 위로가 필요한 시기도 있다. 어떤 순간이든 이 책은 당신 곁에서 마음을 토닥거리며 마음속에 미라클한 변화를 일으킬 것이다.

– 《미라클 루틴》 저자 염혜진

사랑하는 딸에게 전하는 엄마의 애틋한 마음이 담긴 이 책은 힘들고 지친 삶에 위로와 용기를 줍니다. 스스로의 마음을 다잡을 줄 아는 지혜, 쓰러져도 괜찮다는 따뜻한 위로, 지금 바로 여기에서 행복을 느끼길 바라는 엄마의 마음이 담긴 이 편지는 세상을 살아가는 모든 딸과 아들에게 큰 도움이 될 것입니다.

– 《사실 우리는 불행하게 사는 것에 익숙하다》 저자 강준

그녀를 알게 된 것은 내겐 행운이다. 세상을 향한 진심이 담긴 따뜻한 시선은 그녀만이 가진 힘이다. 이 책은 딸에게 전하는 이야기지만 힘들고

지친 이들에게 손을 내미는 작가의 언어이기도 하다. 그 손을 잡는다면 분명 마음이 편안해질 것이다. 첫 장을 여는 순간, 손에서 놓을 수가 없었다. 이 책을 읽는 모두가 그럴 것이다.

－《나는 제주도로 퇴근한다》 저자 신재현

자녀가 행복하기를 바라는 마음으로 유서 쓰듯 써 내려간 작가의 편지가 한 권의 책이 되었다. 인생을 스쳐 지나가는 수만 개의 언어 중 30개의 단어를 선택하고 풀어낸 보석과 같다. 한 치 앞도 보이지 않는 인생길에서 그녀의 글을 마주한다면 한줄기 여명과 같이 당신은 삶의 위로와 행복을 느낄 것이다.

－《용돈 교육은 처음이지?》 저자 고경애

세상에서 가장 따스한 이름은 '엄마'입니다. 딸에게 엄마는 하늘이고, 엄마에게 딸은 세상의 빛입니다. 어느 날 문득 언젠가 엄마의 부재로 세상을 홀로 살아가게 될 딸을 생각한 강성화 작가는 딸에게 조곤조곤 편지를 씁니다. 딸이 힘들거나 주저앉고 싶을 때 잘 헤쳐가기를 바라는 엄마의 마음이 담겨 있는 따스한 책입니다.

－《따뜻한 쉼표,》 저자 한상림

그녀의 글은 사람에 대한 예의와 배려가 담겨 있어 감성과 이성을 동시에 자극하는 묘한 매력이 있다. 작가의 딸을 통해 세상의 모든 이들에게 전하는 메시지에서 진심이 느껴진다. 부모 교육 전문가로서 나는 글 전체에 녹아 있는 '자신을 있는 그대로 사랑하기'가 마음에 닿았다. 엄마가 딸에게 전하는 가장 큰 말을 이 책이 전하고 있다.

－《그럼에도 불구하고 감사》 저자 유미애

책을 읽으며 내 아이, 아니 모든 부모와 자녀가 읽길 바랐다. 저자가 딸에게 전한 편지에는 엄마의 진심 어린 사랑뿐 아니라 삶을 어떻게 살아야 하는지에 관한 철학적 명제까지 담겨 있다. 삶을 잘 살아온 사람만이 전할 수 있는 진솔한 메시지이기에 여전히 길을 찾지 못하고 갈팡질팡하는 이들에게 좋은 지침서가 되리라 믿는다.

－《로또에 당첨되어도 회사는 잘 다닐 거지?》 저자 신재호

이 땅의 모든 어른이 자녀에게 해주고 싶은 말들이 담겨 있다. 좌절하지 않고 일어날 수 있는 힘과 용기를 주는 말에 가슴이 따뜻해진다. 삶의 의미가 담긴 귀한 울림을 주는 책이다.

－《당신은 선택할 수 있습니다》 저자 김지은

이 책은 세상 모든 딸은 물론 자녀와 부모 모두를 위한 책이다. 서툴고 실패했던 과거를 비우고 나눔의 미덕을 알려주는 책이다. 이 책을 읽고 나면 자녀를 기르고 사랑하는 방식의 정답은 찾을 수 없지만, 해답은 찾을 수 있다. 우리는 작가의 겸손한 선포와 궤적을 읽으며 함께 걸어가면 된다. 해답을 찾아가는 빛의 길을.

－ 브런치 작가 윤현주(모두맑음)

강성화
지음

내일 엄마가
죽는다면

혼자
살아갈
나의 딸에게

봄름

좋은 것만 물려주고 싶은 딸에게

다소 늦은 나이에 결혼을 하고 첫 아이 유산 후 어렵게 귀한 딸을 얻었습니다. 세상 그 어떤 것과도 비교할 수 없는 행복을 느끼던 어느 날이었습니다. 순간 머릿속을 스치는 불안이 저를 흔들었습니다. 예기치 못한 일로 아직 엄마의 손길이 많이 필요한 아이를 두고 먼저 떠나게 되면 어쩌나 하는 생각이 들었기 때문입니다. 가까이에서 가족과 지인들의 갑작스러운 죽음을 볼 때마다, 그리고 내 몸이 아플 때마다 가장 먼저 생각나는 사람은 바로 내 아이였습니다. 누군가의 죽음이 그러하듯, 죽음은 나와 전혀 상관없는 일이 아니기에 언젠가 홀로 남을 아이를 걱정하지 않을 수 없었습니다.

부모에게 자식은 아무리 나이가 들어도 첫걸음마 떼던 어린아이와 같은 존재입니다. 아이가 아직 엄마를 세상의 전부라 생각하는 어린 나이라면 더욱 그럴 수밖에 없고요. 결혼을 하고 엄마가 되어보니 그 무엇보다 가장 두려운 것은 이 작은 아이를 세상에 혼자 두는 것이었습니다. 비단 아픈 아이를 키우는 엄마가 아니어도, 아이가 온전히 자기 몫을 할 수 있을 때까지 건강하게 함께해주고 싶다는 간절함은 이 세상 모든 엄마의 바람일 것입니다.

하지만 죽음의 영역은 하늘의 뜻이라 그 누구도 장담할 수 없는 일입니다. 그래서 만일의 경우 엄마가 부재하더라도 아이가 인생을 잘 살아갈 수 있도록 인생의 길잡이가 될 수 있는 글을 남겨야겠다는 생각이 들었습니다. 삶의 고비마다 아이가 위로를 받고 힘을 얻어 조금이라도 더 행복하게 살아갈 수 있는 그런 글을 남기고 싶었습니다.

사실 이 책은 수년 전에 계획했던 일입니다. 하지만 사느라 바빠 우선순위에서 밀려났습니다. 그러던 어느 날 몸에 이상이 생겼습니다. 다행히 큰 병은 아니라 꾸준히 관리해 건강을 회복했고, 더 이상 미루지 말아야겠다는 생각에 그때부터 바로 글을 쓰기 시작했습니다. 내일 갑자기 엄마가 이 세상에서 사라진다 하더라도 아이의 세상이 무너지지 않기를, 이왕이면 웃으며 씩씩하게 살아가기를 바라는 마음으로 쓴 편지입니다. 그렇게 유서 쓰듯 써 내려간 편지가 이렇게 한 권의 책이 되었습니다.

　갈수록 살기 힘들고 각박해지는 세상 속에서 내 아이가 기나긴 생의 고비를 무탈하게 지나가길 바라는 것이 세상 모든 엄마의 마음입니다. 삶의 그 어떤 순간에도 자신을 소중히 여기고 사랑하면서 자신에게 주어진 인생을 잘 살아갔으면 하는 우리 엄마들의 마음을 담았습니다.

　엄마로서, 인생 선배로서 내 아이는 물론, 힘들고 지친 삶에 따뜻한 위로가 필요한 모든 이들에게 휴식 같은 책이 되었으면 합니다. 아울러 자녀 인생의 길잡이가 되어주고 싶은 부모들에게도 이 책이 조금이나마 도움이 되었으면 합니다. 세상을 살아가는 모든 이들의 행복한 삶을 응원합니다. Always be happy!

　좋은 것만 물려주고 싶은 엄마의 진심에 공감해주신 서장혁 대표님과 그 마음이 고스란히 잘 전해질 수 있도록 애써주신 장진영 편집자님과 윤정아 마케터님, 그 외 봄름 출판사 식구들에게 감사드립니다. 아울러 제 인생의 길잡이가 되어주신 나의 부모님과 형제들, 누군가의 길잡이가 될 수 있도록 항상 곁에서 응원해주고 힘이 되어주는 어머님과 남편 용택 씨, 그리고 세상에서 가장 소중하고 사랑하는 내 딸 예린에게도 감사의 마음을 전합니다.

2022년 어느 봄날
강성화

프롤로그 좋은 것만 물려주고 싶은 딸에게 **08**

· 1장 ·

어린아이처럼
목 놓아 울고 싶은 너에게

관계 "나만 노력하는 관계는 놔버려도 괜찮다." **19**

혼자 "내 마음의 주인이 되자." **26**

타인 "소중하다면 적당히 무관심해져라." **32**

나이 "늙어가는 것이 아닌 무르익어 가는 것이다." **39**

이별 "반짝이는 별을 보려면 어둠이 필요하다." **47**

자책 "It's not your fault." **55**

실패 "지금 당장 꼭 뭘 이루지 않아도 괜찮다." **62**

걱정 "Don't worry be happy!" **68**

침착 "좋은 일도, 나쁜 일도 이 또한 지나가리라." **74**

엄마 "엄마도 이번 생은 처음이다." **79**

2장 · 삶의 부피를 키우고 싶은 너에게

사랑 "미루지 말아야 할 것은 숙제만이 아니다." 89

결혼 "그 무엇보다 스스로 선택해야 한다." 98

노동 "우리는 돈을 벌기 위해서만 일하지 않는다." 104

죽음 "잊지 말아야 막을 수 있다." 111

봉사 "나와 내 가족만 잘 먹고 잘 살아서는 안 된다." 118

오해 "역지사지는 나를 위한 일이다." 125

편견 "가장 넘기 힘든 벽은 관념의 벽이다." 132

기록 "글쓰기는 인생의 가장 강력한 무기다." 140

결핍 "비워진 만큼 채울 수 있다." 146

독서 "비로소 사람을 이해하게 되다." 154

3장 행복을 오래 유지하고 싶은 너에게

여성 "스스로도 한계를 짓지 말자." 165

행복 "지금 이 순간이 보통날의 기적이다." 171

운동 "숫자에 연연하지 않는 삶을 살자." 176

인연 "스쳐 지나가는 사람도 다시 보자." 182

여행 "몸에 새긴 교훈은 평생 간다." 188

공부 "오랫동안 꿈을 그리는 사람은 그 꿈을 닮아간다." 194

감동 "감동은 부메랑이 되어 돌아온다." 202

배려 "친절은 누군가의 하루를 살리는 마법이다." 210

긍정 "생각을 바꾸면 세상이 바뀐다." 218

평범 "어제와 다를 바 없는 오늘이 행복이다." 224

어린아이처럼

목 놓아 울고 싶은 너에게

관계

"나만 노력하는 관계는
놔버려도 괜찮다."

　사랑하는 딸, 안녕. 요즘 너를 보니 친구들이랑 메시지를 주고받다 인상 찌푸리는 날이 많은 것 같구나. 살다보면 사람들과의 관계로 힘들 때가 많을 거야. 하지만 너도 잘 알다시피 세상은 혼자 살아갈 수 없는 곳이란다. 그것은 사람과의 관계를 피하고 살 방법은 없다는 말이기도 해. 우리는 언제든, 어디에서든, 어떻게든 관계 속에서 살아갈 수밖에 없어. 《데일 카네기 인간관계론》이 전 세계에서 6천만 부나 팔린 이유도 아마 그 때문일 거야.

사실 엄마도 한때는 모든 사람과 잘 지내야 한다고 생각했어. 그것이 불가능하다는 사실을 모르고 말이야. 내가 좋은 마음으로 상대를 대하는 만큼 상대도 당연히 같은 마음이기를 바랐던 듯해. 그것이 당연하지 않다는 사실을 미처 깨닫지 못했었지. 세상만사가 내 뜻대로만 되지 않는 것처럼 인간관계도 마찬가지야. 때론 아무리 선한 의도를 가지고 사람들을 대하고, 칭찬받을 만한 언행을 한다 해도 모든 이들이 날 호의적으로 생각하지 않을 수 있단다. 가는 말과 마음이 고와도 돌아오는 게 곱지 않을 수도 있어. 이건 상대에게 강요할 수 없는 문제야.

딸아, 타인이란 존재는 나와 다른 생각과 가치관을 가지고 살아가는 사람이야. 그런 만큼 각자가 생각하는 기준과 가치가 다를 수밖에 없지. 주는 거 없이, 이유 없이 미운 사람이라는 말이 있어. 특별히 나에게 피해를 입힌 것도 아닌데 그냥 상대방의 언행이 마음에 걸리고 미워 보이는 거지. 그렇게 누군가는 나를 이유 없이 싫어할 수도 있는 거야. 그런 상황도 자연스럽게 받아들일 수 있어야 해.

하지만 명심하렴. 누군가가 너를 싫어한다고 해서 네가 달라지는 건 없어. 그건 그 사람의 마음일 뿐, 너의 몫이 아니야. 세상에는 노력해도 안 되는 일도 있단다. 그런 관계를 개선하고 발전시키려 노력할수록 실망과 씁쓸함도 함께 커지는 경우가 대부분이야. 그러니 노력해도 어쩔 수 없는 관계, 나만 일방적으로 노력하는 관계 때문에 너무 힘들어하거나 마음 상하는 일이 없기를 바랄게.

세상 그 어디에도 완벽한 사람은 없고, 모든 사람이 좋아하는 사람도 존재하지 않아. 그러니 타인의 시선을 지나치게 의식하거나 모두에게 좋은 사람이 되려고 너무 애쓰지 마. 그저 스스로에게 떳떳한 삶을 살아가면 되는 거야. 우리에게 주어진 시간이 유한한 만큼 우리에게 주어진 에너지도 한정적일 수밖에 없어. 그러니 관계 또한 선택적으로 관리하는 게 당연하고 자연스러운 이치란다.

때로는 과감히 인간관계를 정리할 필요가 있어. 사랑에도 유통기한이 있듯이 모든 인간관계에도 유통기한이 존재해. 관계는 일방통행이 아니라 쌍방향일 때 지속 가능한 거야. 서로가 공유하고 공감하는 것들이 줄어들수록 그 관계는 유지되기 어려울 수밖에 없어. 어떤 관계로 인해 계속해서 마음이 불편하고 힘들다면 그 관계는 이미 건강하지 못하다는 뜻이야. 어느 순간 서로의 삶에 약은커녕 독이 되어버린 관계를 어떻게든 이어가려고 애쓰다보면 지쳐버릴 수밖에 없어. 그러다 다른 소중한 관계까지 놓치게 될 수도 있단다. 그러니 유통기한이 다 되어버린 관계 때문에 너무 슬퍼하고 아파하지 않았으면 해. 그런 인연은 미련 없이 놓아주는 것이 좋아. 애쓸 가치가 없는 것들에 애쓰지 않아도 된단다.

마지막으로, 모든 사람이 너를 좋아할 수 없듯 너 또한 모든 사람을 마음에 담을 필요는 없어. 인생은 만남과 헤어짐의 연속이야. 조금은 슬프고 냉정한 말이지만, 세상에 영원한 관계는 없어. 비단 너에게만 그런 것은 아니란다. 한때 삶에 큰 비중을 차지했던 관계가 남보다 못한 사이가 될 때도 있어. 그건 그 누구의 탓도 아니야. 그저 관계의 유통기한이 다한 것뿐이니까.

　혹시 끝이 정해진 관계를 시작하는 게 두려워졌니? 너무 걱정하지 마. 지난 관계 속에서 경험했던 모든 것은 그 나름대로 의미가 있단다. 앞으로 만나게 될 인연들과 더 좋은 관계를 유지하기 위한 밑거름이 되어주기도 할 거야. 사랑해, 딸. 세상은 자신을 이해하고 사랑해주는 단 한 사람만 있어도 살아갈 의미가 충분하단 걸 기억해!

ps. 나만 노력하는 관계를 이만 내려놓는 것은 이 관계에 최선을 다한 나에 대한 마지막 예의란다. 이제 스스로를 돌볼 시간이야. ✱

누군가가 너를 싫어한다고 해서
네가 달라지는 건 없어.
그건 그 사람의 마음일 뿐,
너의 몫이 아니야.

혼자

"내 마음의 주인이 되자."

우리 딸, 요즘 일도 많이 바쁘고 친구 문제로 고민이 많더니 아직까지도 마음이 힘든가보구나. 그럴 땐 누군가에게 마음을 터놓는 것이 좋아. 하지만 그 전에 혼자서 충분히 고민하는 시간도 필요하단다. 나보다 더 나를 잘 알고 존중해줄 사람은 없어. 그래서 타인의 위로보다 스스로의 위로가 더 필요한 거야.

인간관계 중에서도 가장 중요한 건 자신과의 관계란다. 때로는 나를 믿고 살아가는 데에도 많은 용기와 부단한 노력이 필요해. 그래서 스스로 강해져야 해. 방법은 어렵지 않아. 삶의 기준점을 자기 자신에게 두면 돼. 사실 다른 사람은 내가 생각하는 것보다 나에게 별로 관심이 없어. 관심이 있다 하더라도 그리 오래가지도 않아. 그러니 누군가에게 인정받기 위해 애쓰는 것보다 내가 나를 인정해주는 게 가장 중요하단다. 내가 하는 일과 행동에 다른 사람이 어떤 평가를 내리는지는 사실상 내 의지와는 상관없는 타인의 몫이야. 그러니 내가 옳다고 믿고 판단하는 길을 선택하는 것이 후회를 최소화하는 방법이자 최선이기도 해.

살다보면 힘들고 지쳐 마음이 무너지는 순간도 있을 거야. 나를 생각해주는 사람들이 나름대로의 조언과 위로를 해주지만 그것도 잠시일 뿐, 그 어떤 것으로도 위로가 되지 않는 순간이 있어. 실제로 세스 J 질러헌 심리학 박사는 타인의 조언이나 위로가 때로는 우울증 환자에게 아무런 도움을 주지 못한다고 말했어. 누구도 나의 본질적인 문제를 해결해줄 수는 없거든. 그럴 땐 그 누구보다 나를 잘 아는 사람, 나의 울타리와 힘이 되어줄 수 있는 사람, 세상에서 나를 가장 이해해주고 사랑해줄 수 있는 단 한 사람, 바로 내가 나를 위해서 최선을 다해 위로해줘야 해.

힘든 순간에 희망과 긍정의 마인드를 잃지 않는 것도 물론 중요한 일이야. 하지만 그보다도 중요한 것은 나에게 찾아온 우울하고 부정적인 감정들을 받아들이고 그와 마주하는 용기와 힘이란다. 내게 주어진 상황들을 남이 대신 해결해줄 수 없는 만큼 온전히 자신의 힘으로 견디고 해결해나가야 해. 그래서 스스로를 위로하는 법을 찾는 것이 중요하단다.

스스로 위로하는 법을 몰라 연인에게 위로를 갈구했던 한 사람이 있어. 연인의 한마디가 자신의 하루를 좌우할 만큼 연인에게 의존적인 사람이었지. 그러다 어느 날 연인과 크게 다퉜는데, 내가 슬플 때 나를 위로해줄 연인이 없으니 마음이 불안하더래. 방 안에만 틀어박혀 있으니 불안감만 더 커져서 어디라도 가보자는 심정으로 무작정 집밖으로 나왔대. 당장 떠오르는 곳이 없으니 집 앞 카페라도 가서 따뜻한 라테 한 잔을 주문하고 잠시 앉아 기다리는

데, 창밖으로 보이는 풍경이 너무도 고요한 거야. 마음도 점점 평온해지고 말이야. 그 사람은 그 길로 커피를 배우기 시작했대. 갑작스럽다고 생각하니? 그는 정확히는 원두를 볶고, 물을 끓이고, 에스프레소를 내리면서 '기다림'을 배운 거야. 스스로 차분해질 수 있는 기회를 주고, 그 시간을 기다리는 방법을 깨달았지. 얼마 후 바리스타 자격증까지 따더니 자기계발에도 도움이 되었다며 자신의 성장을 뿌듯해했어. 느긋하게 마음을 내려놓고 기다리니 좌절과 우울이 차지했던 마음속에 행복이 다시 깃들었다고 해.

순간순간 살아가는 일이 힘들고 고통스럽게 느껴지는 이유는 너를 조금씩 성장시키려고 움트는 통증 때문이란다. 사랑해, 딸. 너를 생각하는 엄마의 마음이 네가 힘들고 지친 순간마다 위로와 힘이 되었으면 좋겠구나.

ps. 네 마음의 주인은 언제나 너 자신이란 것을 기억하렴! ✽

그 누구보다
나를 잘 아는 사람,
나의 울타리와 힘이
되어줄 수 있는 사람,
세상에서 나를 가장 이해해주고
사랑해줄 수 있는 단 한 사람,
바로 나.

타인

"소중하다면
적당히 무관심해져라."

함께 있되 거리를 두라

그래서 하늘과 바람이 너희 사이에서 춤추게 하라

서로 사랑하라

그러나 사랑으로 구속하지는 마라

그보다 너희 혼과 혼의 두 언덕 사이에

출렁이는 바다를 놓아두라

서로의 잔을 채워주되 한쪽의 잔만을 마시지 마라

서로의 빵을 주되 한쪽의 빵만을 먹지 마라

함께 노래하고 춤추고 즐거워하되
서로는 혼자 있게 하라
마치 현악기의 줄들이 하나의 음악을 울릴지라도
줄은 서로 혼자이듯이

서로 가슴을 주라
그러나 서로의 가슴속에 묶어두지는 마라
오직 큰 생명의 손길만이 너희의 가슴을 간직할 수 있다

함께 서 있으라
그러나 너무 가까이 서 있지는 마라
사원의 기둥들도 서로 떨어져 있고
참나무와 삼나무는 서로의 그늘 속에선 자랄 수 없다

　　　　　　　　　- 칼릴 지브란, <함께 있되 거리를 두라>

몹시 추운 어느 겨울, 고슴도치들은 얼어 죽지 않으려

고 서로에게 다가갔단다. 온기를 나누면 좋겠다고 생각했지만 서로의 날카로운 가시에 찔리자 화들짝 놀라 뒷걸음질 치고 말았어. 추운 것도 잊을 만큼 아파서 버틸 수 없었던 거야. 하지만 그것도 잠시, 아픔이 사라지자 또다시 극한의 추위가 느껴졌어. 다시 서로에게 다가간 고슴도치들은 이번에도 역시나 가시로 서로 상처를 냈고 너무도 고통스러운 나머지 잠시 추위를 참기로 했지. 그렇게 고슴도치들은 겨우내 서로 다가갔다가 떨어지기를 반복하면서 추위와 상처의 고통을 반복했어.

우리들 역시 '고슴도치 딜레마'에 빠지곤 해. 가까이 다가갈 수도, 그렇다고 멀리 떨어질 수도 없는 곤란한 상황을 겪는다는 뜻이야. 너무 가까워지면 서로의 소중함을 잊고 상처를 주고, 멀어지게 되면 외로움과 허전함을 느끼지. 결국 이러지도 저러지도 못하는 애매한 상황이 되는 거야.

슬프게도 그런 상황이 가족 안에서 일어나기도 한단다.

세상에서 가장 안전하고 따뜻해야 할 집에서 서로의 가슴을 할퀴며 상처만 줄 때가 있어. 때론 너무 많은 관심과 사랑이 상대에게 부담을 주고 때론 너무 많은 기대와 간섭이 서로를 멀어지게도 하지. 그러다 결국 마음의 벽이 생겨서 남보다 못한 관계가 되는 경우가 많단다. 그래서 가까운 사람일수록 심리적으로나 물리적으로나 적당한 거리가 필요한 거야. 자신도 모르게 돋아난 가시에 서로가 찔리지 않기 위해서 말이야. 그럼 비워둔 거리에 서로를 소중히 생각하고 존중하는 마음이 채워지게 된단다.

회사에서도 마찬가지야. 특히 한 회사를 오래 다니다 보면 다른 직원들보다 유난히 친하게 지내는 동료가 생기기 마련이야. 친구처럼 사이가 좋다가도 언젠가 한 번은 서로의 성격이나 의견 차이로 인해 마찰이나 균열이 생길 수 있어. 이해관계로 만난 사람들인 만큼 서로의 속사정을 깊이 알기 힘들고, 그 마음을 상대방에게 전부 드러내기는 더욱 쉽지 않은 일이야. 그런데다가 한번 어긋나고 틀어진 관계를 회복하는 것은 불가능에 가까운 일이지.

친구, 연인, 부부 관계에서도 마찬가지야. 아무리 친하고 사랑하는 사이라도 상대방이 원하지 않고 허락하지 않으면 마음의 선을 넘지 않아야 해. 누구보다 가깝고 친밀한 관계라는 이유로 상대의 사적인 영역을 침범하는 경우가 많아. 가령 친구가 내가 아닌 다른 사람과 더 친한 것 같아 질투하거나, 애인이나 배우자의 핸드폰을 뒤져보는 것은 선을 넘는 일이야. 누구에게나 침해당하고 싶지 않은 영역이 있단다.

그리고 아무리 선의라고는 하더라도 상대방이 원하지 않는 일까지 관심과 도움을 주려고 한다면 그건 배려가 아니야. 간섭과 오지랖이지. 서로 함께하되 각자의 시간과 공간을 인정해주렴. 배 두 척이 먼 길을 함께 가려면 세 가지 요소가 필요하다고 해. 첫째는 같은 목적지, 둘째는 각자의 연료, 그리고 마지막 셋째가 적당한 거리야. 그러니 서로가 좋은 관계를 오랫동안 유지하고 싶다면 먼저 적당한 거리를 유지해야 한단다.

평범한 삶이 가장 어렵다고 하듯이 사실 적당한 거리를 유지한다는 것 또한 생각보다 어려운 일이야. 사람마다 적당함의 기준이 모두 다르기도 하고 적당한 거리를 두는 법도 알기 쉽지 않거든. 엄마도 수많은 사람들과 만남과 헤어짐, 상처와 이해의 과정을 반복하면서 적당한 거리를 두는 방법을 배웠고, 사람들과의 관계 속에서 나만의 거리를 찾아갈 수 있었어.

누구나 저마다의 가시가 있고 어떤 가시가 언제 누구를 찌를지 몰라. 그런 관계 속에서 스스로를 지키고 상처받지 않기 위해서는 서로에게 예의를 갖춘 적당한 거리가 필요해. 사랑해, 딸. 세상 그 누구보다 소중한 자신을 지키기 위해 적당한 거리 두기를 항상 기억해주렴.

ps. 누구에게나 자신만의 공간이 필요한 거야. 한 발자국 뒤로 물러서서 그 사람을 바라봐주렴. ✿

스스로를 지키고
상처받지 않기 위해서는
서로에게 예의를 갖춘
적당한 거리가 필요해.

나이

> "늙어가는 것이 아닌
> 무르익어 가는 것이다."

하나뿐인 내 딸, 요즘 너를 보면서 깜짝 놀랄 때가 있단
다. 네가 태어났을 때가 엊그제 같은데 언제 이렇게 컸나
싶어서 말이야. 너도 엄마를 보며 그렇게 생각한 적이 있
을 거야. 엄마도 이제 제법 나이 들어 보이지? 사실 엄마도
거울을 보며 깜짝 놀랄 때가 많아. 정말 나이가 들수록 시
간은 더 빨리 흐르는 것 같아.

동심과 나이 듦에 대한 내용을 다루는 <웬디>라는 영
화가 있어. 우리가 잘 알고 있는 피터팬 이야기를 웬디의
시선에서 재해석한 영화야. 영화 초반에 세 아이가 잠들기

전 엄마와 대화하는 장면이 나와. "엄마는 어렸을 때 제일 간절한 소원이 뭐였어?" "로데오 타기." "그럼 지금 소원은 뭐야?" "내 자식 잘 키우는 거. 너희들이 잘 자라는 거, 그거야!" "그거 말고." "상황이 달라졌잖아, 꿈도 달라져야지. 이만 가야겠다. 잘 자라, 사랑한다." 엄마가 방에서 나가자 더글라스와 제임스는 이렇게 얘기해. "나이가 들수록 하고 싶은 게 줄어들어. 너도 그럴걸." 그 말에 웬디는 그렇게 말하지 말라고 소리쳤어. 그리고 이렇게 말했지. "내 인생은 달라." 이 장면에 이 영화가 말하고자 하는 주제가 담겨 있어. 그건 바로 나이 듦을 바라보는 태도에 관한 것이야.

나이가 든다는 것은 말 그대로 생체 구조와 기능이 노화한다는 뜻이야. 겉모습만 본다면 청춘의 싱그러움을 잃는 것이지. 생기 없는 피부, 늘어가는 주름과 흰머리, 그리고 줄어드는 머리숱을 마주하게 되는 일은 그 누구에게도 반갑지 않은 일이야. 매일 보는데도 볼 때마다 적응되지 않아 흠칫 놀라고 외면하고 싶어질 거야.

엄마도 그런 적이 있단다. 몇 년 전 자격증 취득을 위해 매일 새벽까지 공부했던 적이 있어. 마흔 넘어서 정말 하루도 빠지지 않고 고3 수험 시절보다 더 열심히 공부했지. 전공과 무관한 자격증을 따겠다고 공부하려니 어찌나 머리가 아프고 힘들었는지 몰라. 하지만 고통과 인내의 열매는 다디단 법. 2년에 걸쳐 두 개의 자격증을, 그것도 고득점으로 필기와 실기 모두 한 번에 통과해 뿌듯했던 기억이 나는구나. 네 외삼촌의 권유로 시작한 공부였어. 마흔 넘은 동생이, 그것도 비전공자가 취득하기엔 다소 어려운 시험을 고득점으로 한 번에 합격하니 더 높은 단계의 시험을 권하더구나. 그런데 나는 당분간은 머리를 그만 쓸 거라고 "STOP"을 외쳤어.

시험이 끝나고 오랜만에 미용실에 갔더니 미용사가 전에 없던 흰머리가 갑자기 왜 이렇게 생겼냐며 놀라더라고. 누군가는 이런 이야기가 우습게 들릴 수도 있겠지만 그 당시 엄마에겐 적잖은 충격으로 다가왔단다. 사실 조금 서글프기도 했어. 마흔이 넘었으니 흰머리가 나는 게 자연스러

운 일이겠지. 하지만 당연하다고 해서 유쾌하게 받아들일
수는 없었어.

 하지만 곰곰이 생각해보니 나이가 들어서 꼭 나쁜 것
만은 아니더구나. 세상은 잃는 것이 있으면 얻는 것도 있
는 법이란다. 노화로 인해 비록 청춘의 빛과 영영 이별을
고해야 하는 것은 물론 아쉬워. 하지만 나이 들면서 얻는
지혜와 여유, 그리고 안정감이 그 자리를 대신 채워주었단
다. 나이가 한두 살씩 쌓일수록 동시에 그만큼의 경험치도
쌓이기 마련이거든. 그로 인해 삶과 생각의 반경이 한 뼘
씩 넓고 깊어질 수 있단다.

 원래 젊음을 최고로 여기는 것은 서양 중심의 문화였
대. 그와 달리 동양권에서는 '나이 듦'에 대해 성숙하다, 지
혜롭다고 이야기했지. 물론 나이가 든다고 해서 저절로 현
명해지거나 마음이 넓어지는 것은 아니야. 노력 없이 얻을
수 있는 것은 없으니까. 굳이 무얼 하지 않아도 절로 빛나
는 젊음은 우연이지만, 빛나는 중년은 노력이라는 말을 가

습에 새겨두었으면 해. 훗날 나이가 들어서 그동안 자신이 오래 살아왔음을 증명할 수 있는 것이 나이밖에 없다면 그 얼마나 슬픈 일이겠니. 우리를 위축시키는 것은 세월이 아니야. 그러니 나이가 들어도 깨어 있는 삶을 살아야 해. 나이는 숫자에 불과하다는 말이 단순히 위로가 아닌 희망이 되는 삶을 살기 위해 노력하면 좋겠구나.

19세기 이탈리아의 대표적인 오페라 작곡가 베르디는 81세에 <팔스타프>를 작곡했어. 말년에 느낀 인생에 대한 통찰과 끊임없는 도전 정신이 담긴 음악이지. 세상을 바라보는 노작곡가의 통찰력과 예술적인 완성도가 극한에 이른 최고의 명작이라고 손꼽히고 있단다. 그리고 세르반테스는 68세에 근대 소설의 시초라고 평가받는 《돈키호테》를 저술했고(그것도 열악한 환경의 감옥에서 말이야), 미국의 유명한 경영학자인 피터 드러커는 92세까지 강의를 했어. 자, 보렴. 나이는 숫자에 불과하다는 말이 그저 나이 듦을 위로하려는 빈말이 아니지?

노화는 주름살과 흰머리가 생길 때가 아니라 호기심과 열정, 그리고 꿈을 잃어버리는 순간 시작된단다. 사실 엄마도 젊었을 땐 나이 드는 것에 대한 기대감보다는 막연한 걱정이 앞섰었어. 그런데 막상 40대의 한가운데에서 뒤돌아보니 나이 들수록 잃는 것보다 얻는 게 더 많더구나. 물론 셀 수 없이 흔들렸던 젊음의 시간을 잘 견뎌냈기에 그 모든 것이 가능했겠지만 말이야. 그렇듯 나이 듦은 젊음과 상반되는 말이 아니라 젊음을 무사히 보낸 뒤에 따르는 잘 익은 열매 같은 것이란다. 그래서 엄마는 나이 듦을 단순히 나이가 들었다는 말보다는 좀 더 성장하고 괜찮은 인간이 되어가는 과정이라고 말해주고 싶어.

나이가 들수록 자신이 살아온 삶이 고스란히 몸과 마음에 스며들기 마련이야. 그래서 나이가 들면 자신의 얼굴에 책임을 져야 한다는 말을 하는지도 몰라. 끝없이 흐르는 시간 속에서 우리는 많은 것을 경험하고 배우고 후회하고 반성하는 삶을 되풀이하곤 해. 엄마는 내 딸이 그저 물리적으로 나이만 드는 것이 아니라 한 인간으로 잘 성장하며 무르익어 가면 좋겠어. 사랑해, 딸. 나이가 들어도 충분히 아름답고 매력적인 사람이 될 수 있단다!

ps. 숫자 앞에 작아지지 마, 우리 딸! ✿

무얼 하지 않아도 절로 빛나는
젊음은 우연이지만,
빛나는 중년은 노력이다.

이별

"반짝이는 별을 보려면
어둠이 필요하다."

안녕, 딸. 엄마야. 오늘 하루도 무탈히 집에 돌아와줘서 고맙구나. 요즘 이별의 아픔에 힘겨워하는 너를 볼 때마다 엄마 마음도 얼마나 아픈지 몰라. 많이 힘들지? 미워하는 사람은 만나서 괴롭고, 사랑하는 사람은 헤어져서 괴롭다는 말이 있어. 헤어져서 괴로운 게 아니라 헤어지고 싶지 않아서 괴로운 건지도 몰라. 세상에 아름다운 이별이 어디 있을까. 이왕이면 아름다운 이별로 마무리하고 싶지만, 어디까지나 바람일 뿐, 아픈 이별만 존재할 뿐이야. 이별이 나를 위해 혹은 서로를 위해 옳은 선택이라 해도 그 순간을 받아들이기란 누구에게나 힘들고 아플 수밖에 없어.

애별리고(愛別離苦). 사랑하는 사람과 헤어지는 고통을 뜻하는 불교 용어란다. 비단 연인과의 헤어짐뿐만이 아니야. 가족, 친구, 부부 등 모든 인간관계에서 피할 수 없는 고통이 바로 이별이란다. 생별(生別)이든 사별(死別)이든, 사랑하는 사람과의 이별로 인한 괴로움과 고통을 어찌 다 말로 표현할 수 있겠니. 사랑하는 사람이 많다는 것은 이별의 아픔을 경험할 일도 많다는 뜻이겠지. 그만큼 이별을 하는 방식도 다양할 테고.

엄마도 이별의 괴로움으로 수많은 날들을 고통 속에서 보냈던 적이 있단다. 누구에게도 그 마음을 보이고 싶지 않아 힘들다는 말 한마디 하지 않고 혼자서 끙끙 앓기만 했어. 그땐 자다가 눈을 뜨면 가슴이 너무 아파서 잠에서 깨는 순간이 두려웠어. 그래서 주말 내내 잠만 잤던 적도 있었단다. 적어도 잠자는 동안은 그 통증을 잊을 수 있잖아. 흐르는 시간을 따라 통증은 옅어졌지만 상흔으로 굳게 닫힌 마음의 문은 쉽게 열리지 않았어.

앞으로 살아가면서 다시는 누군가가 나를 사랑해주지 않을까봐 두려웠던 게 아니야. 다만 나를 향해 손 내밀며 다가오는 누군가를 보고 심장의 온도가 다시는 뜨거워지지 않을까 겁이 나고 걱정되는 사랑 염려증이 문제였지. 하지만 세상에 걱정을 미리 사서 하는 것만큼 쓸데없는 일은 없다고 하잖아. 사랑 염려증도 말 그대로 그저 기우일 뿐이었어. 나도 모르는 사이 어느 순간 또다시 사랑은 소리 없이 찾아왔고, 심장의 온도 장치는 시간이 지나도 녹슬지 않고 잘 작동하더구나.

그러니 이별의 고통으로 견디기 힘들 땐 마음껏 아파하고 슬퍼하며 눈물 흘리렴. 굳이 강한 척 애써 마음을 숨기고 울음을 삼킬 필요 없어. 네가 흘리는 눈물이 너를 무너트리는 일은 절대 없을 거야. 이별 의식을 충분히 치러야 마음에서도 놓아줄 수 있는 법이란다. 마음껏 아파하고 마음껏 슬퍼하렴. 이별 의식을 충분히 치른다면 애별리고

가 남기고 간 추억이라는 선물과 사람, 그리고 인생에 대한 이해와 깨달음으로 한층 더 깊어진 자신을 만날 수 있을 거야.

유명한 시인인 라이너 마리아 릴케는 이렇게 말했어. 추억이 많으면 그것을 잊을 수도 있어야 한다고. 그리고 그 추억이 살아날 때까지 기다릴 수 있는 인내심을 가져야 한다고 말이야. 지금 이 순간에도 많은 사람이 사랑에 행복해하고 이별에 눈물을 흘리면서 칠흑 같은 시간을 보내고 있겠지? 어쩌면 그런 감정 또한 사람으로 태어나 누릴 수 있는 하나의 특권이 아닐까 싶어. 사랑의 아픔과 이별을 두려워하기보다 사랑할 대상이 없음을 두려워하라는 말이 괜히 있는 것이 아니란다.

그리고 이별에도 예의가 필요하다는 사실을 꼭 기억해주렴. 서로의 마음이 달라졌다고 해서 그동안 함께했던 추억들까지 없던 것이 되지는 않아. 그 추억들은 우리가 사는 동안 기억 속에서 희미해지기는 하겠지만, 영원히 함께

할 거야. 사랑을 시작할 때의 첫 마음도 중요하지만, 그 끝맺음은 더 중요하단다. 사람은 자고로 머물렀던 자리를 보면 떠난 이가 어떤 사람이었는지 알 수 있는 법이야. 한때 자신의 전부라 생각하며 온 마음으로 사랑했던 사람이잖아. 돌아서면 이제 영영 보지 않을 사람이지만, 이별의 순간에도 예의를 갖추는 것이 중요해. 서로에게 조금이라도 상처를 덜 주고 그 상처로 인해 오래 힘들어하지 않도록 말이야. 그건 상대방뿐만 아니라 나를 위한 일이자, 내가 했던 사랑에 대한 예의이기도 해.

이별하는 순간에는 고통과 아픔만 절절하겠지만, 시간이 흐르면 조금씩 알게 될 거야. 인생에서 또 하나의 소중한 추억을 만들어준 이가 있어 고마웠노라고 말이야. 엄마도 그랬어. 떠올릴 수 있는 추억이 있다는 것은 참으로 고마운 일이란다. 비록 서로가 함께한 사랑의 시간은 영원하지 않았지만, 그 사랑의 기억은 언제든지 꺼내볼 수 있도록 내 안에 남아 있으니까.

사랑하는 딸아, 이별의 후유증으로 앞이 막막하게 느껴질 때에는 이 말 한마디만 떠올려주렴. '세상에 영원한 것은 없다.' 다행히도 인간은 망각의 동물이고, 기억이란 것도 시간을 이기지 못해. 시간이 지나면 어제 일처럼 선명하던 기억들도 결국엔 희미해지고 잊히기 마련이거든. 그래서 '시간이 약이다', '시간이 모든 것을 해결해준다'는 말이 나왔겠지. 천둥 번개를 동반한 채 온 세상을 암흑으로 물들이듯 몰아치는 폭풍우도 언젠가는 그치기 마련이란다. 폭풍우가 그치면 언제 그랬냐는 듯 찬란하게 빛나는 태양이 다시 떠오르는 것이 바로 자연의 이치고 선물이야.

우리 삶도 마찬가지야. 생각보다 우리 인생에서 온 마음을 다해 사랑할 수 있는 시간과 기회는 그리 많지 않아. 그런 의미에서 사는 동안 다양한 사람을 만나 사랑과 이별을 경험해보는 것도 선물 같은 기회란다. 반짝반짝 빛나는 별을 보려면 그 별이 돋보이도록 도와주는 어둠이 필요한 거야. 그러니 이별의 아픔을 미리 걱정하거나 두려워하지 말고, 그 슬픔 속에서도 너무 오래 머물지 않았으면 해. 사랑해, 딸. 이별을 너무 두려워하지 마. 그리고 기억해. 그럼에도 불구하고 사랑하기!

ps. 사랑에 시련은 있어도 실패란 없어. 무릎을 털고 일어나 앞으로도 마음껏 사랑하렴. ✽

강한 척 애써 마음을 숨기고
울음을 삼킬 필요 없어.
네가 흘리는 눈물이 너를
무너트리는 일은 절대 없을 거야.

자책

"It's not your fault."

딸, 오늘 무슨 힘든 일 있었니? 안색도 좋지 않고, 어깨도 축 쳐졌구나. 오늘은 다른 거 생각하지 말고 푹 쉬는 게 좋겠다. 생각이 꼬리에 꼬리를 물다보면 더욱더 힘들어질 때가 있거든. 그럴 땐 잠시 생각을 내려놓는 것이 좋아.

"It's not your fault"란 말 들어본 적 있니? 1997년에 개봉한 영화 <굿 윌 헌팅>에 나오는 명대사야. 이 영화는 모든 분야에 재능이 뛰어난 천재적 두뇌를 지녔지만 어린 시절 받았던 상처로 인해 세상에 마음을 열지 못하는 주인공

윌 헌팅의 이야기야. 윌 헌팅이 좋은 친구들과 인생의 스승을 만나 얼어붙어 있던 마음을 열고 'Good' 윌 헌팅으로 변화하고 성장하는 감동 스토리지. 아카데미상 아홉 개 부문에 후보로 오를 만큼 명작인 이 영화는 개봉한 지 20년이 넘었지만 아직도 수많은 이들에게 인생 영화로 회자되고 있어.

어린 시절 아버지에게 학대당했던 윌은 '나는 맞을 만한 사람'이라며 오랜 시간 자책 속에서 살았어. 하지만 친구들의 진심 어린 우정과 정신상담가 숀의 지지 덕분에 더 이상 현실에 안주하지 않고 변화를 선택하게 돼. 그 과정에서 과거의 상처에서 벗어나지 못하고 힘들어하는 윌에게 숀이 해준 말이 바로 이거야. "너의 잘못이 아니란다(It's not your fault)." 그 말을 듣고서야 비로소 윌은 자신을 억압했던 과거에서 벗어나 자유로워질 수 있었지. 단 한 줄의 대사가 많은 이들에게 위로를 줄 수 있었던 이유는 이 세상에 저 한마디가 간절했던 사람들이 많기 때문일 거야.

언젠가 아는 언니의 아들이 갑작스러운 사고로 다쳤던 적이 있어. 치아 두 개가 심하게 부러져 한동안 치료를 받아야 한다고 언니가 속상해하더구나. 그러면서 아들의 사고를 자신의 탓으로 돌리며 괴로워했어. 아들이 고등학생인데 공부에는 관심 없고 자전거에만 빠져 있어서 자기가 먼저 제안을 했대. 매일 자전거를 타는 조건으로 학원을 다니자고 말이야. 그런데 아들이 자전거를 타고 학원을 가다가 사고가 났던 거야. 자신이 그런 말을 하지 않았다면 이런 일이 없었을 텐데, 모두 자기 탓 같다며 눈물을 글썽거렸어. 자식을 키우는 같은 입장이라 언니의 마음을 충분히 헤아릴 수가 있었어. 자식의 일 앞에서 언제나 부모의 마음이란 그런 것이니까.

"그건 언니 잘못이 아니에요. 그날 사고는 말 그대로 사고였을 뿐이에요. 그저 운이 없어서 일어난 일이에요. 정말 많이 놀랐죠? 그래도 더 큰 사고로 이어지지 않고 치아만 치료하면 되니 얼마나 다행이에요. 한편으로는 하늘이 도왔다는 생각이 들어요. 그러니 자책하지 말아요. It's not your fault!" 속상해하던 언니에게 내가 건넸던 말이었어. 얼마나 위로가 되었을지 정확히 헤아릴 수는 없지만, 엘리베이터가 닫히기 전 언니의 입가에 맺힌 엷은 미소를 보니 크게 걱정하지 않아도 되겠단 생각이 들었단다.

사람이라면 누구나 살아가는 동안 힘들고 고통스러운 시간을 마주할 수밖에 없단다. 안타깝게도 누구도 그 시간을 대신 보내줄 수는 없어. 오롯이 본인 몫인 거야. 그러니 때론 자기 자신을 위해서도 위로의 말을 건넬 필요가 있어. 과거의 실수와 상처들이 여전히 발목을 잡아 힘겨운 순간에 말이야.

딸아, 엄마는 네가 불완전하고 힘들었던 과거에 사로잡혀 현재와 미래까지 망가트리는 일은 없었으면 해. 과거의 삶이 어떻든 누구나 앞으로 어떤 삶을 살아갈지 스스로 선택하며 살아갈 자유가 있는 거야. 그러니 과거의 아픔 때문에 스스로를 탓하며 작아져 그 안에서 너무 오래 갇혀 지내지 않았으면 좋겠어. 독일 심리학자 안드레아스 크누프는 '내가 조금만 잘했다면…' 하고 후회하는 이들을 상담하며 이렇게 조언했대. "세상엔 일어날 수밖에 없는 문제가 많아요. 당신의 빈칸은 여백이지 공백이 아닙니다. 채우지 않아도 되는 것 때문에 자신을 괴롭히지 말아요."

살다보면 너의 노력과는 상관없이 가끔씩 이해할 수 없는 일들이 생기곤 한다. 그럴 땐 그냥 그것대로 내버려둬. 그 일의 원인을 계속 네 안에서 찾으려고 하면 답도 찾기 힘들고 너만 힘들어질 수밖에 없어. 세상에 나보다 소중한 사람은 없고 그런 나를 보호해줄 수 있는 사람도 나밖에 없단다. 그렇게 소중한 네가 어쩔 수 없는 일 때문에 상처받고 자책하는 일이 없었으면 해. 사랑해, 딸. 넌 지금까지 잘 살아왔고, 네가 생각하는 것보다 너는 더 괜찮은 사람이란 사실을 그 어떤 순간에도 잊지 말아줘!

ps. 자, 이제 동굴 밖으로 빠져나올 시간이야. ✿

당신의 빈칸은 여백이지,
공백이 아닙니다.
채우지 않아도 되는 것 때문에
자신을 괴롭히지 말아요.

실패

"지금 당장
꼭 뭘 이루지 않아도 괜찮다."

사랑하는 딸, 안녕. 오늘 하루는 어땠니? 요즘 무엇 하나 만족스러운 결과를 얻지 못해 상심이 크지? 나름대로 시간과 에너지를 많이 할애했는데 노력한 보람이 없으니 의기소침해질 거야. 그런 상황에서 아무렇지 않은 듯 금방 툭툭 털고 일어나기란 누구에게나 어려운 일이란다. 아무리 불완전한 인간이라고는 하지만 자신의 한계를 적나라하게 지켜봐야 한다는 사실, 그 하나만으로도 충분히 고통스럽거든.

2018년에 부산광역시에서 '실패왕 에디슨상' 수기 공모전을 진행했던 적이 있어. 참가 자격은 '실패를 이겨낸 경험이 있는 국민 누구나'였지. 사업 실패 과정에서 겪은 개인적 고충과 성찰, 실패 사례를 공유해 실패에 대한 부정적인 인식 개선과 긍정적인 교훈 등을 심어주기 위한 목적으로 기획했다고 해. 정말 좋은 생각이지? 그 결과, 수많은 실패 수기가 접수되었고 실패를 딛고 일어선 사람들의 감동적인 이야기로 가득했대. 많은 사람들의 화려한 모습 뒤에는 눈물과 상처로 얼룩진 스토리가 숨어 있기 마련이야. 성공은 그렇게 실패를 반복하고 그것을 딛고 넘어서야만 이룰 수 있는, 고통의 시간을 인내한 사람만이 얻을 수 있는 값진 선물이란다.

딸아, 누구에게나 인생의 오르막길과 내리막길이 있단다. 누구든 꽃길로만 갈 수는 없어. 그것이 인생의 법칙이자 삶이 우리에게 주는 과제야. 내 앞에 놓인 장애물을 보고 놀라 도망가거나 그 앞에서 이러지도 저러지도 못하고 시간을 끄는 사람이 있는 반면, 이 상황을 어떻게 해결해

나갈지 고민하며 장애물에서 나름의 교훈을 얻는 사람이 있어. 어떤 선택을 하느냐에 따라서 인생의 방향이 달라질 수밖에 없지. 어떤 쪽을 택할지는 오롯이 내 몫이야.

살아가는 데 있어 우리에게 주어지는 선택지는 단 두 가지뿐이래. 하거나 안 하거나. 다만 엄마는 우리 딸이 내리막길이 두려워서 발걸음을 떼기도 전에 그 앞에서 무릎 꿇지 않았으면 해. 넘어져봐야 다시 일어설 수 있는 법을 배울 수 있단다. 넘어지는 것도 기술이야. 인생은 길어. 그러니 너무 조급해하지 말고 마음의 여유를 가지렴. 우리가 살아갈 인생은 아직도 충분히 많이 남아 있으니까 말이야.

실패를 통해서 충분히 자기 성찰의 시간을 가졌다면, 지나간 일은 이만 깨끗이 잊어버려도 좋아. 실패에 대한 생각에 지나치게 사로잡혀 있으면 또다시 자책할 시간만 늘어나거든. 그리고 실패가 적다고 해서 꼭 좋은 것만은 아니야. 아무것도 하지 않으면 실패할 일도 없으니까 실패했다는 것은 적어도 무언가를 시도했다는 뜻이야. 아무것도 하지 않는 것에 비하면 의미 있는 일이지. 그러니 실패를 걱정하거나 두려워하지 않아도 괜찮아.

앞으로 살아가는 동안 뜻대로 되지 않는 일이 무수히 많을 거야. 그만큼 실패와 좌절을 끊임없이 겪을 거고. 실패는 인생에서 누구나 겪게 되는 자연스럽고 정상적인 일이란 것을 항상 기억해주렴. 언제나 응원할게. 사랑해, 딸. 실패에 좌절하지 않아도 돼. 지금 당장 꼭 무얼 이루지 않아도 괜찮으니까!

ps. 한 번의 실패로 인생 전체를 실패로 규정짓지 마렴. 너는 네 생각보다 훨씬 강한 사람이란다. ✿

실패했다는 것은 적어도
무언가를 시도했다는 뜻이야.
아무것도 하지 않는 것에 비하면
의미 있는 일이지.

걱정

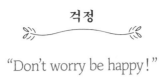

"Don't worry be happy!"

우리 예쁜 딸, 혹시 요즘 무슨 걱정 있니? 사람을 좋아하는 네가 요즘 밖에 잘 나가지도 않고 친구들과 통화하는 일도 줄어들었네. 하루 일과를 모두 엄마에게 얘기하던 네가 도통 말이 없으니 무슨 일이 있는 건 아닌지 걱정되는구나. 그냥 해야 할 일도 많고 컨디션이 안 좋아 그럴 수도 있을 텐데 엄마가 괜한 걱정을 하는 걸까? 사람 마음이란 게 상황을 잘 모르면 생각이 많아져서 그런 것 같아.

오늘은 너와 '걱정'에 대해서 이야기해볼까 해. 방송인

강호동은 어느 프로그램에서 '걱정 대출'이라는 말을 썼어. 말 그대로 지금 당장 하지 않아도 되는 걱정을 미리 당겨서 한다는 뜻이야. 걱정을 대출하면 할수록 걱정만 늘어나고 현재는 현재대로 걱정 때문에 아무것도 제대로 할 수 없게 돼. '걱정'의 사전적 의미는 '안심이 되지 않아 속을 태움'이란다. 속이 탈 만큼 마음이 불안한데 그런 상태에서 무엇을 제대로 할 수 있겠니.

사람들이 노력에 비해 낮은 성과를 거두는 이유에 대한 연구 결과를 본 적이 있어. 실패에 대한 두려움과 걱정이 원인이었지. 사람들은 무슨 일을 시작하기 전에 실패하는 결과부터 머릿속에 그리는 경향이 있대. '이 일이 잘못되면 어떡하지?', '내가 실패하면 사람들이 나를 어떻게 생각할까?' 사실 특별히 어려운 상황이 아닌데도 부정적인 생각 때문에 마음이 불안해져서 새로운 일에 의욕적으로 나아가지 못하는 경우가 많아. 진짜 문제를 걱정하는 게 아니라 그 문제에 대한 불안을 떠올리면서 말이야.

걱정 없이 사는 사람은 없단다. 살아 있는 존재라면 누구나 걱정과 불안이 따라다니는 법이야. 하지만 걱정과 불안을 무조건적으로만 부정하고 회피할 필요는 없어. 그 감정 역시 삶의 일부로 받아들이는 자세도 필요하단다. 감정이란 것은 억제하고 감출수록 사라지기는커녕 더욱더 커지는 법이거든.

'걱정을 해서 걱정이 없어지면 걱정이 없겠네'라는 티베트의 속담을 들어본 적 있니? 정말 걱정을 해서 걱정이 사라진다면 얼마나 좋을까? 하지만 걱정은 문제 해결의 방법이 아니야. 걱정만 한다고 해서 상황이 달라지거나 문제가 해결되는 경우는 절대 없거든. 문제가 있으면 해답도 있으니 걱정 대신 해답을 찾기 위해 노력하는 게 중요해.

딸, 그런 의미에서 가만히 앉아서 걱정만 하지 말고 네가 할 수 있는 작은 일부터 계속해서 시도해봐. 그렇게 걱정하는 시간을 줄이다보면 실마리가 보일 거야. 걱정에 사로잡히지 않으려면 다른 무언가에 집중하는 것이 좋아. 엄마는 그럴 때마다 비슷한 감정을 느꼈던 과거의 경험을 떠올렸어. 그때 그 일도 결국 무탈하게 지나갔으니 이번에도 그럴 거라며 마음을 진정시켰지. 그다음엔 책을 읽거나 산책을 하고, 평소 바쁘단 이유로 연락이 뜸했던 지인들에게 안부 전화를 했어. 아끼는 사람들을 위해 작은 선물을 준비하기도 하고. 그러다보면 평소와 다른 풍경으로 하루가 금방 지나가더구나. 이렇게 자신이 할 수 있는 일에 집중하면서 바쁘게 지내보렴. 물론 그렇다고 걱정이 사라지지는 않겠지만, 걱정을 대하는 자세를 변화시킬 수 있어.

예전에 네 외삼촌이 엄마에게 해줬던 말이 있어. "우리는 이미 정해진 길을 가고 있다고 생각하면 인생이 조금은 쉬워질 거야. Don't worry be happy!" 뭐든 억지로 한다고 해서 해결되는 것이 아니니 물 흐르듯 자연스럽게 두는 것이 좋다는 뜻이었어. 걱정을 한다 해도 그 문제가 해결되지 않는다면 걱정은 잠시 미뤄놓는 것이 좋아. 아직 닥치지 않은 미래에 대한 걱정은 그냥 미래에 맡겨도 돼. 엄마도 살아보니 걱정하며 애태우기보다 시간이 조금 흘러가도록 내버려두는 게 나을 때가 많았단다.

　10년, 20년 전에 우리가 무슨 걱정을 하며 힘들어했는지 기억하는 사람이 얼마나 될까? 걱정이 팔자가 되는 이유는 걱정이 습관이 되고, 습관이 운명이 되기 때문일 거야. 말과 행동에만 습관이 있는 것이 아니란다. 걱정도 결국 습관일 뿐이야. 너무 많은 생각은 잠시 내려놓고 지금 이 순간에 집중하자. 걱정이 들어올 자리에 상황을 있는 그대로 받아들이는 여유를 채우렴. 그와 함께 걱정이 생기더라도 씩씩하게 털어버릴 수 있는 마음의 근육을 키웠으면 해. 사랑해, 딸. Don't worry be happy!

ps. 때론 단순하게 살아도 돼! ✿

걱정도 결국 습관일 뿐이야.

침착

> "좋은 일도, 나쁜 일도
> 이 또한 지나가리라."

언제나 자랑스러운 우리 딸, 안녕. 오늘 하루도 참 길게 느껴졌지? 마음이 힘들 땐 시간이 유난히 더디게 흘러가는 기분이야. 지금까지 잘해온 만큼 더 좋은 결과를 기대했을 텐데, 상심이 크지? 지금 네가 얼마나 힘든 시간을 보내고 있는지 알아. 그럴 땐 이 이야기를 떠올려주렴.

<다윗과 골리앗> 이야기에 나오는 다윗 왕은 어느 날 궁중 보석세공사를 불러 명령해. "내가 전쟁에서 큰 승리를 거둬 기쁨을 억제하지 못할 때 자제할 수 있으면서, 큰

절망에 빠졌을 때 좌절하지 않고 용기를 얻을 수 있는 글귀를 반지에 새겨 넣어라." 세공사는 오랜 고민 끝에 지혜롭기로 소문난 다윗의 아들 솔로몬 왕자를 찾아가서 조언을 구하지. 잠시 고민하던 솔로몬은 이렇게 말해. "이 또한 지나가리라(It shall also come to pass)."

이 말을 대부분 불행이나 시련을 위로할 때 쓰는데, 다윗의 말처럼 환희와 행복으로 가득 찬 순간에도 이 말을 명심할 필요가 있어. 세상 모든 이들이 너에게 찬사를 보내는 일이 생긴다 하더라도 순간의 기쁨은 만끽하되 자만하지 말라는 뜻이야. 엄마의 이야기를 짧게 들려줄까? 엄마는 오랫동안 인터넷 커뮤니티에 이런저런 글을 올리며 익명의 사람들과 소통해왔어. 그중에는 엄마의 글을 읽고 위로와 용기를 얻었다며 따뜻한 답글을 달아주는 사람들도 많았지. 사실 엄마는 진심으로 써 내려간 글이 누군가의 마음에 가닿았다는 사실만으로도 기뻤어. 그런데 반대로 뜻하지 않은 오해를 살 때도 있었단다. 처음엔 왜 내 마음을 몰라주나 마냥 속상했지만, '그럴 수도 있지'라고 생각하다보니 이제는 내 생각과 다른 이야기들을 헤아릴 줄 아는 여유가 생겼어. 불행과 행복이, 시련과 환희가 번갈아 지나가면서 조금씩 성장할 수 있었어.

페이용의 《반야심경 마음공부》(유노북스, 2021년)에 이런 내용이 나와. "인생은 고통이면서도 즐거움이다. 괴로울 때는 쉽게 우울해지고 쉽게 포기한다. 그러므로 괴로울 때는 초월의 마음으로 강인함을 잃지 말아야 한다. 즐거울 때는 쉽게 방종하고 흔들릴 수 있다. 그러므로 즐거울 때에도 초월의 마음으로 침착함을 잃지 말아야 한다. 즐거움을 한껏 누릴 수는 있다. 하지만 즐거움도 곧 사라질 것이며 그저 자기 느낌이라는 사실을 잊지 말아야 한다." 알다시피 세상에 영원한 것은 아무것도 없단다. 좋은 일이든 나쁜 일이든 그저 한 번의 경험이고 과정일 뿐이야.

기나긴 인생의 여정에서 쭉 뻗어 있는 평탄한 고속도로만 걷는 사람은 없어. 마찬가지로 구불구불하고 험난한 비포장도로만 가는 사람도 없단다. 지금 나에게 어떤 일이 일어났는가보다는 그 일을 대하는 마음가짐이 앞으로의 네 삶에 많은 영향을 미친다는 사실을 기억해주렴.

힘들고 고통스러웠던 기억이 너의 미래를 지배하는 일이 없었으면 해. 그리고 과거의 영광과 행복의 순간에서 벗어나지 못하고 지금의 현실과 비교하는 일 또한 없었으면 해. 우리 인생에서 가장 밝을 때와 가장 어두운 때는 바로 침착해야 할 순간이란다. 그러니 꼭 기억하렴. '이 또한 지나가리라.' 비록 너의 성장통을 대신해줄 수는 없지만 항상 너를 지켜보고 응원할게. 사랑해, 딸. 냉정하고 침착한 마음으로 한 발 물러서서 자신의 삶을 바라볼 수 있는 시야를 가지렴!

ps. 행복할 때 약속하지 마라. 화났을 때 답변하지 마라. 슬플 때 결심하지 마라. - 지아드 압델누어 Ziad K. Abdelnour ✽

좋은 일이든 나쁜 일이든

그저 한 번의 경험이고 과정일 뿐이야.

엄마

"엄마도
이번 생은 처음이다."

딸, 그동안 엄마에게 실망하고 이해하기 어려운 순간들이 많았지? 어릴 땐 엄마가 그저 완벽하고 우주 같은 존재였는데, 네가 자랄수록 그렇지만은 않다는 생각이 들었을 거야. '엄마는 나이도 많고 어른인데 왜 그럴까?'란 생각이 든 적도 있을 거고.

그래 맞아. 엄마는 완벽한 존재가 아니란다. 아무리 나이가 많아도 엄마도 너처럼 이번 생은 처음이거든. 엄마라고 해서 모든 생각과 언행이 완벽할 수는 없어. 어떻게 하면 너를 잘 키울 수 있을까 수없이 생각하고 사랑으로 대하려 노력하지만, 때로는 마음처럼 안 될 때도 있었단다. 사실 그래도 엄마 정도면 다른 사람들에 비해 애정 표현도 많이 하고 엄마 역할을 잘하는 편이 아닐까 생각하기도 했어. 그런데 며칠 전 엄마는 내 마음을 모른다며 방으로 들어가는 네 뒷모습을 바라보는데, 엄마 마음이 얼마나 서운하고 아팠는지 몰라.

어른이 되어 사랑의 결실로 결혼을 하고 소중한 생명을 잉태하는 순간부터 엄마로서의 삶이 시작되었어. 홀몸일 땐 나만 잘 챙기면 됐는데 내 손길과 사랑이 필요한 새로운 생명체가 어느 날 곁에 찾아온 거야. 이보다 더 행복할 수 없다는 말이 절로 나왔지. 그런데 이 작은 아이의 하나부터 열까지가 모두 엄마인 내 몫이란 사실이 때론 힘겹고 버거울 때도 있었어.

우리는 자라면서 어떻게 하면 공부를 잘하고 또 어떻게 하면 좋은 직장에 들어갈 수 있는지에 대한 이야기를 수없이 듣고 배우잖아. 하지만 안타깝게도 좋은 엄마가 되는 법에 대해서는 지금처럼 듣고 배울 기회가 많지 않았어. 예전에는 책이나 우리 집에서, 또는 친구 집에서 본 부모의 모습이 전부였단다.

그렇게 직접 넘어지고 부딪치면서 엄마의 삶을 체험하고 그 몫을 감당하고 있는 중이야. 아무리 주변에 도와주는 사람이 많아도 육아의 길은 힘들고 어려울 수밖에 없어. 엄마도 엄마는 처음이니 서툴 수밖에 없었고 두려운 순간도 많았어. 내 뱃속에서 나온 내 핏줄이지만 엄연히 다른 생명체라 그 속을 도무지 알 수 없을 때가 많거든. 그냥 엄마는 될 수 있지만 좋은 엄마가 되는 방법은 세상의 모든 엄마들이 엄마가 되어서야 배울 수 있는 거야.

아이를 키우는 일은 끊임없는 관심과 애정을 쏟아야 하는 농사와 같아. 농사라는 것이 열심히만 노력한다고 해서 다 잘되진 않거든. 농부의 부지런한 수고는 기본이고, 날씨와 온도, 적당량의 물 등 모든 것이 잘 맞아야 해. 그만큼 사람의 힘만으로는 잘되지 않을 때가 많아서 세상에서 가장 힘들고 뜻대로 되지 않는 것이 자식 농사라고 하겠지. 아무리 베테랑인 농부도 농사짓는 일은 언제나 어려울 수밖에 없는데 초보 농부는 오죽하겠니.

너를 처음으로 목욕시키던 날, 혹시나 실수할까봐 어찌나 조심스러웠던지 몰라. 걸음마를 배우다 넘어져 바닥에 머리를 쿵 박았을 때 엄마의 심장도 쿵 내려앉았고, 독감 예방주사를 맞고 고열에 힘겨워하는 너를 보며 발을 동동 굴리기도 했었어. 놀다가 다쳐 피라도 나는 날엔 흉터로 남지 않을까 걱정되어 상처를 수시로 확인하기도 했단다. 음식을 잘못 먹어 두드러기가 났을 땐 무슨 큰일이라도 생길까봐 응급실 앞 대기실을 왔다 갔다 하며 애태웠던 적도 있었지. 뭐가 그리 맘에 안 드는지 잘 설명하고 달래는데도 막무가내로 말하고 행동하는 너에게 큰소리쳤던 날엔 잠든 너의 얼굴을 쓰다듬으며 마음 아파서 잠 못 이루기도 했단다. 잠든 너의 얼굴이 너무나 예뻐 그렇게 바라보는 것만으로도 살아갈 이유를 느끼면서도 마음처럼 더 잘해주지 못하는 엄마를 자책했었어. 그 모든 것이 엄마도 처음이고 서툴러서 그랬던 거야.

이런저런 일들로 몸도 마음도 피곤한데, 돌발진으로 고열에 잘 먹지도 못하는 너를 돌보느라 잠을 설쳤던 어느 날이었어. 너를 재운 후 식사도 대충 때우고 힘들어 누워 있는데 네 할머니에게 전화가 온 거야. "점심은 먹었어?"라고 묻는데 순간 울컥하더구나. "엄마, 엄마는 없는 살림에 오남매 낳아 기르면서 힘들고 고단했을 텐데 어떻게 그긴 시간을 잘 참고 여태껏 살아왔어?" "그러게. 살다보니 벌써 나이가 이렇게 들었네. 살다보니 다 살아지더라. 그래도 다들 알아서 잘 커줘서 수월했지." 그동안 서로 한 번도 꺼내본 적 없던 말이었어. 네 할머니의 말을 들으니 그동안 힘들었을 당신의 삶이 그려지더구나. 참으로 위대한 시간을 보내셨지. 그 짧은 대답이 그 당시 엄마에게 큰 힘과 위로가 되어주었어.

사실 엄마도 가끔씩은 주저앉아 울고 싶은 순간들이

있단다. 때때로 감당하기 벅찬 삶에 감정이 북받쳐 울컥할 때가 있거든. 그렇지만 걷잡을 수 없는 감정을 꾹꾹 누르고 눈물을 삼키곤 했어. 비록 엄마로서 서툰 인생을 살아가고 있지만 그 현실을 받아들여야 한다는 것 정도는 다 알고 있기 때문이야. 아무것도 모르고 아무것도 준비하지 않은 채 엄마가 되었기에 엄마로서의 삶을 하나둘씩 경험하면서 그렇게 배우고 익혀가는 것이란다. 그렇게 때론 실수하고 먼 길 돌아가면서 말이야.

완벽한 자식 없듯이 완벽한 부모도 애초부터 존재하지 않아. 엄마도 자녀의 성장과 함께 조금씩 시행착오를 거치면서 진정한 인간으로 성장하고 있다는 것을 이해해주면 좋겠구나. 사랑해, 딸. 우리 서로의 존재를 인정하고 이해하면서 있는 그대로의 모습을 더 많이 사랑하면서 살자!

ps. 엄마도 칭찬과 응원, 격려가 필요한 존재라는 사실을 알아주면 좋겠구나. ✿

엄마도 가끔씩은
주저앉아 울고 싶은 순간들이 있단다.

2
장

삶의 부피를

키우고 싶은 너에게

사랑

"미루지 말아야 할 것은
숙제만이 아니다."

사랑하는 딸, 안녕. 요즘 들어 유난히 생기 있고 예뻐진 네 모습을 보니 좋은 사람을 만나는 것 같아 엄마도 흐뭇하구나. 만나는 동안 마음껏 사랑하고, 좋은 추억도 많이 만들어나가기를 바랄게. 애지욕기생(愛之欲其生). '누군가를 사랑한다는 것은 그 사람을 살리는 일이다'라는 뜻으로 논어에 나오는 말이야. '살다'와 '사람', 그리고 '사랑하다'라는 단어의 어원을 거슬러 올라가면 결국 모두 같은 말에서 유래되었다고 해. 사람은 사랑하지 않고는 살 수 없는 존재라는 것을 증명하듯이 말이야. 그렇듯 사랑은 단순히 감정적인 차원이나 낭만의 영역이 아닌 생존의 문제가 되기도 한단다.

사랑이야말로 우리 인간이 살아가는 동안 끊임없이 갈망하는 삶의 목표이자 의미가 아닐까. 사랑은 인간의 근원적인 감정으로 어떤 사람이나 존재를 무척 아끼고 귀중히 여기고 정성을 다해 위하는 마음이야. 그렇게 마음을 충만하게 해주는 사랑으로 인해 우리의 인생이 더욱더 아름답고 풍요로워질 수 있지. 인생이라는 길고 긴 여정 속에서 우리가 무사히 목적지에 도착할 수 있도록 원동력이 되어주는 아주 값지고 고귀한 감정 또한 바로 이 사랑이야.

미루지 말아야 할 것은 비단 숙제만이 아니란다. 사랑하는 것도 미루지 말았으면 해. 살아 있을 때, 사랑할 수 있을 때 마음껏 사랑하렴. 누군가에게 어떤 존재로 남게 될지는 아무도 알 수 없는 거야. 돌이켜보면 아낌없이 표현하고 온 마음을 다해 사랑했을 때 훗날 후회와 미련이 남지 않았어. 이런저런 생각으로 마음껏 사랑하지 못하고 솔

직하지 못했던 사랑은 아쉬움만 남아 이별의 고통이 더욱 더 심하고 오래갔던 기억이 나는구나. 이별 후 뒤늦게 '내가 그 사람을 사랑했구나, 좀 더 많이 사랑할걸' 하고 후회한들 무슨 소용이 있겠니. 그러니 사랑도 곁에 머물러 있을 때 충실해야 해.

다만 사랑의 완성이 꼭 결혼은 아니란다. 서로가 사랑이라는 여행을 하는 동안 함께 걸었던 길에서 보고 느끼고 만났던 그 모든 풍경이 소중한 결실인 거야. 비록 한때 영원할 거라 믿었던 사랑이 깨졌다 하더라도 아무 의미 없는 시간을 보낸 게 아니야. 내 곁에 누군가가 있어 함께 맞이했던 봄이 눈부시게 찬란했고, 여름이 더 뜨겁고 열정적이었으며, 가을이 더욱 풍요로웠고, 그해 겨울이 따뜻하고 아름다웠다면, 그걸로 이미 충분한 거야.

기나긴 겨울 동안 홀로 혹독한 추위 속에서 외롭게 서 있는 나무를 생각해보렴. 봄이 오면 언제 그랬냐는 듯 앙상하고 메마른 가지에 연둣빛의 새잎이 돋아나잖아. 엄마에게도 사랑은 그랬어. 사랑의 상처로 얼어붙은 마음은 따뜻한 봄날에도, 뜨거운 여름날에도 늘 겨울이었던 적이 있었어. 이룰 수 없었던 사랑에 가슴 아파 몸부림치며 잠 못 이루던 날들도 무수히 많았지. 하지만 이제 더는 내 몫이 아니라 생각했던 사랑은 어느 순간 소리 없이 찾아왔어. 그리고 메마른 가지에 새잎이 돋아나듯 사랑의 꽃도 다시 아름답게 피어나더구나.

그런데 딸. 누군가를 사랑하기 전에 가장 먼저 해야 할 일이 있어. 그건 바로 나 자신을 사랑하는 일이야. 나를 사랑할 줄 아는 사람이 누군가를 더 많이 사랑할 수 있는 법이야. 자신을 사랑하는 일은 사랑을 위한 필수품이자 세상을 살아가기 위한 초석과도 같단다. 사랑으로 인해 눈부시던 세상이 이별로 인해 암흑으로 바뀌는 순간이 있을 거야. 세상에 홀로 남겨진 것 같은 기분이 들겠지. 그때 스스로를 사랑하는 사람은 절대 자신을 깎아내리거나 힘들게 내버려두지 않는단다.

너를 진정으로 사랑하는 사람이라면 무슨 일이 있어도 곁에 함께 머물 테고, 그렇지 않으면 떠나는 게 인연이야. 너를 있는 그대로 사랑해주고 너의 가치를 알아주는 사람에게 평생 지지 않을 꽃 같은 존재로 살았으면 해. 너의 소중함과 가치를 모르는 사람의 흔하디흔한 잡초 같은 존재로 살지 말고. 인연을 가벼이 여기며 네 존재를 사소하게 생각하는 사람에게 너의 귀한 시간을 낭비하지 말았으면 해. 우리에게 많은 시간이 남아 있는 듯하지만 인생은 생각보다 짧아. 그리고 사랑할 시간은 더 짧단다. 그러니 인연과 사랑의 의미를 소중하게 여기지 않는 사람에게 너의 아름답고 빛나는 마음을 오래 내어주지 말았으면 해.

I kin ye는 I love you와 같은 의미의 인디언 말이야. 인디언들의 언어에는 '사랑하다'라는 말이 없다고 해. 대신 '킨(kin)'이라는 단어가 있는데 그건 '이해하다'라는 뜻이야. 사랑은 자신과 다른 삶을 살아온 사람을 있는 그대로 받아들이고 이해할 때 더욱더 깊어지고 오래 지속할 수 있어. 그래서 사랑할 때 가장 중요한 것은 바로 상대방을 이

해하려는 마음이 아닐까 싶어. 서로가 살아온 삶의 방식도 다르고, 누구나 부족한 부분이 있으니까. 상대의 부족한 부분을 받아들이지 못하고 자기 기준만 내세우며 상대가 변화하길 바라다보면 사랑으로 가득 찼던 마음에도 자연스레 균열이 일어날 수밖에 없어. 아무리 운명처럼 만난 사랑이라 해도 그 사랑을 지속하기 위해서는 끊임없는 노력이 필요한 거야.

　물론 사랑을 하지 않는다고 해서 무언가 잘못되거나 이상한 건 아니야. 그래도 한번 태어난 인생이니 마음껏 사랑하며 살았으면 해. 사랑에 웃고, 사랑에 울고, 사랑에 행복해하고, 사랑에 가슴 졸이고 눈물로 지새울지라도 그 모든 순간을 경험해봤으면 좋겠어. 젊었을 때 '더 많이 사랑해볼걸 그랬다'고 말하는 사람은 본 적 있어도 '사랑하지 말걸 그랬다'고 말하는 사람은 거의 본 적 없는 듯해. 행복을 느끼는 데 많은 것이 필요하지 않아. 우리는 아주 작은 사랑만으로도 충분히 행복을 느낄 수 있으니까. 사랑해, 딸. 사랑할 수 있을 때 사랑하고 또 사랑하렴!

ps. 내 전부를 내줘도 아깝지 않을 사랑을 했다면 그건 내
삶의 단순한 스토리가 아니라 바로 내 삶의 히스토리로
남는단다. 오래 예쁘게 간직할 히스토리를 만들어가길
바랄게. ✽

누군가를 사랑하기 전에
가장 먼저 해야 할 일이 있어.
바로 나 자신을 사랑하는 일이야.

결혼

"그 무엇보다
스스로 선택해야 한다."

안녕, 딸. 요즘 너도 그렇고 친구들도 결혼에 대해 생각이 많지? 너도 느끼겠지만, 사실 결혼이라는 것은 사랑하는 두 사람의 결합인 동시에 인생에 있어 가장 현실적인 부분을 고려해야 하는 문제야. 서로가 다른 환경에서, 그것도 수십 년 이상 자신만의 울타리에서 살아온 사람들의 만남이야. 거기에 양가 가족들도 포함이 되어 있지. 살아온 환경의 차이만큼 가치관은 물론, 아주 사소한 습관에 이르기까지 거의 모든 게 다를 수밖에 없어.

그렇게 생각할 것도, 노력해야 할 것도 많은데 결혼을 반드시 해야 할까 하는 생각이 들기도 할 거야. 어쩌면 그냥 편히 자유롭게 사는 것도 괜찮겠단 생각이 들기도 할 테고. 맞아. 사실 정답은 없어. 어떤 선택을 하든지 각각의 장단점이 분명 있으니까. 결혼을 하든 하지 않든 너만의 기준을 세워 신중하게 고민해보고 선택하면 된단다.

결혼을 한다면 어떤 사람과 어떤 일상을 살아갈지, 어디까지 이해하고 수용할 것인지, 또 2세 계획과 가계 재정 계획 기준 등 여러 가지 문제에 대해 생각해봐야 해. 결혼 생활에 있어 서로가 생각하는 중요한 부분들에 대해 미리 충분한 대화를 나누는 시간을 가지는 것이 좋아. 반대로 결혼을 하지 않는다면 물질적 결핍과 정서적 허기, 건강상의 문제 등 혼자서 감당해야 할 노년까지의 삶을 구체적으로 생각해보는 시간이 필요하단다. 결혼을 할지, 말지는 중요하지 않아. 어떤 삶을 선택했을 때 내가 더 행복하고 후회가 적을지가 가장 중요해.

결혼을 고민하는 어느 미혼 남자가 쓴 글에 달렸던 댓글이 기억나는구나. '사람이 세상을 살아간다는 건 세찬 강물을 건너는 것입니다. 혼자서 빈 몸으로 건너면 편할 것 같지만 대신 강물에 휩쓸리기 쉽고, 무거운 돌을 안고 간다면 힘들긴 하지만 돌의 무게로 인해 물살에 휩쓸리지 않고 강을 무사히 건널 수가 있습니다. 그 무거운 돌은 삶에서 결혼으로 가정을 이루는 것과 같습니다.'

　사실 엄마도 결혼 생활의 모든 순간이 마냥 좋고 행복했던 건 아니야. 세찬 물살에 휩쓸리지 않고 건널 수 있게 해주는 무거운 돌이 그저 무겁기만 한 바위로 느껴졌던 순간들도 있었지. 하지만 언제나 그런 순간을 견디고 웃음 지으며 살아갈 수 있게 해준 것도 바로 그 무거운 돌 덕분이었어. 내 생애 가장 값지고 소중한 너와 항상 엄마를 믿어주고 내 편이 되어주는 아빠는 그 누구도 대신해줄 수 없는 존재이자 삶의 큰 의미란다. 지인 중에 미혼들도 많이 있는데, 나이가 들수록 가장 힘든 것이 대부분 외로움이라고 하더구나. 무거운 돌이 없어 편하고 자유로운 생활을 누릴 수 있지만 정서적 안정감까지는 느끼기 힘든 거지. 그렇듯 모든 것을 만족하기는 쉽지 않단다.

마이크 맥매너스의 책 《가슴 두근거리는 삶을 살아라》(시대의창, 2013년)에 엄마가 결혼 생활에서 가장 중요하게 생각하는 점이 잘 나와 있어. "당신을 진심으로 좋아하고 당신의 꿈을 이해하면서 응원해주는 상대가 바로 좋은 배우자죠. 당신의 인생에서 하나라도 뭔가 없애려고 든다면 결코 좋은 배우자가 아닙니다." 지금 당장 내가 하고 싶은 일들이 있고, 훗날 이루고 싶은 꿈이 있다는 자체만으로도 삶에서 행복을 느낄 수 있어. 하지만 그보다 내 곁에서 그 꿈을 응원해주며 함께해주는 사람이 있다면 더할 나위 없이 든든하고 더 큰 행복을 느낄 수 있지. 이건 결혼을 선택한 엄마의 기준이니, 네가 중요하게 생각하는 부분에 대해서도 고민해보렴.

다시 한번 말하지만 결혼하는 것 자체는 중요하지 않단다. 어떤 사람과 어떤 삶을 살아가는지가 더 중요해. 그러니 결혼을 생각한다면 함께할 사람을 선택하는 데 신중을 기하렴. 결혼은 인생에 있어 가장 중요한 문제 중 하나야. 사회와 부모, 그리고 나이에 떠밀려 결혼을 결정하면 후회할 일이 생길 수밖에 없어. 너만의 기준을 정해서 비교해보고 심사숙고 후 잘 결정하길 바랄게. 사랑해, 딸. 엄마는 네가 어떤 결정을 하든지 너의 선택을 존중해!

ps. 너의 인생은 너의 것이야. 남들의 기준에 맞출 필요 없어. 스스로 선택한 삶 속에서 의미를 찾고 행복을 누리며 살아가면 좋겠구나. ✽

결혼을 할지, 말지는 중요하지 않아.
어떤 삶을 선택했을 때 내가 더 행복하고
후회가 적을지가 가장 중요해.

노동

"우리는 돈을
벌기 위해서만 일하지 않는다."

　우리 딸, 요즘 생각이 많아 보이는구나. 어려운 취업문을 통과했던 기쁨도 잠시일 뿐, 직장 생활이 만만치 않을 거야. 산 넘어 산이란 생각이 들기도 하지? 인간관계도 어렵고, 일은 많지, 성과 부담도 상당하고, 나름대로 노력했는데 돌아오는 건 상사의 잔소리니 자존감이 떨어지기도 하겠지. 이른 출근과 늦은 퇴근으로 몸도 마음도 많이 지칠 거야. 그렇게 고생하는데 월급이라도 많으면 좋으련만 물가는 매년 오르는데 내 월급만 제자리고, 고용의 안정도 보장되어 있지 않으니 생각이 많을 수밖에 없겠지.

어느 취업 사이트에서 '직장인 회사 우울증'에 대해 조사한 적이 있어. 그 결과 직장인 10명 중 7명이 일을 하며 우울증을 경험한 적이 있다고 하더구나. 아직 모든 것이 서툴고 조직 내에서 쉽게 목소리를 낼 수 없는 2, 30대 직장인의 우울감은 더욱 클 수밖에 없겠지. 그래서일까. 최근 기사에서 1년 미만 신입사원 퇴사율이 30.6퍼센트라는 통계가 있더구나. 이를 반영하듯 언제부턴가 퇴사가 하나의 트렌드가 되어 그와 관련된 수많은 콘텐츠가 쏟아지니 지금 내가 이 일을 계속하는 것이 과연 옳을까? 라는 생각이 자꾸 들기도 할 거야. 당연한 일이라 생각해.

딸, 그럴 때일수록 현실을 냉정하게 마주할 필요가 있어. 수많은 유행가를 만들어낸 김이나 작사가의 경험담을 책에서 본 적이 있어. 그녀도 작사로 인한 수입이 월급보다 많아지고 그 상황이 몇 년 동안 꾸준히 지속됨을 확인하고 나서야 퇴사를 했다고 하더구나. 실제로 한 연구 결과에 따르면 직장을 다니면서 사업을 준비한 사업가와 무직 상태에서 사업을 준비한 사업가 중 전자의 경우에 사업이 잘될 확률이 월등히 높았다고 해.

　지금 당장 힘든 상황을 벗어나기 위해 감정에 치우친 선택을 하면 후회할 수밖에 없어. 실제로 대책 없이 퇴사했다가 진로 고민에 빠졌다는 이들의 얘기를 많이 봤어. 어떤 이는 엄청난 경쟁률을 뚫고 입사했는데 1년도 되지 않아 퇴사했다는 사실에 자존감이 떨어졌다고 해. 소속감과 경제력이 없는 상황에 우울감이 찾아왔고, 몇 번의 실패를 반복하며 반쯤 포기하다가 지금은 전보다 좋지 않은 조건에서 일하고 있다고 후회를 하더구나. 그래서 비슷한 상황을 겪고 있는 이들에게 신중히 결정해서 자신처럼 후회하는 일이 없었으면 한다고 글을 썼어. 그 글에 많은 사람들이 공감 댓글을 달았고 각자 직장 생활의 어려움을 토로했던 기억이 나는구나. 그러니 만약 퇴사를 생각한다면 감정에 치우치지 않고 구체적인 계획과 목표를 먼저 세우는 것이 중요하단 사실을 기억해주렴.

　그렇다고 회사에서 어떤 시련을 겪어도 무조건 참고

버티란 뜻이 아니야. 나의 생존과 성장을 위해 버텨야 하는 일도 있지만 버티면 안 되는 일도 분명히 존재해. 직장생활을 유지하는 것도 중요하지만 나를 잃지 않고 소중히 지키는 것이 더 중요하단다. 나를 지키기 위해서 직장과 일에 대해 좀 더 객관적으로 바라보는 시간이 필요해. 그럴 땐 혼자서 충분히 고민해보고 주변에 도움을 줄 수 있는 사람들을 찾아 상담하고 의견을 들어보는 것이 좋아. 그리고 과도한 업무량과 기타 문제로 힘들다면 상사에게 면담을 요청해 상황을 말할 필요가 있단다. 이때 주의할 것이 있어. 현재의 문제점을 잘 정리해서 내 입장에 공감이 갈 수 있게 말을 해야 해. 그리고 할 말을 하되 최대한 예의를 갖춘다면 상대방도 내 말에 더 귀를 기울여줄 거야.

직장에 너무 많은 의미를 부여하고 에너지를 쏟다보면 나는 나대로 힘들고 내 역할을 잘하지 못해 직장에도 피해를 줄 수 있어. 직장 생활이 분명 우리 삶에서 많은 부분을 차지하는 것은 사실이지만 내 인생의 전부는 아니니까. 그러니 맡은 일에 책임감을 가지되 직장에서의 성취와 성공에 일희일비하지 마렴.

　그리고 삶의 우선순위에 대해 생각해보고 자신의 마음을 챙기는 시간도 필요하단다. 직장 내에서의 부족하고 미숙한 자신을 보며 한없이 위축될 것이 아니라 그동안 힘든 상황 속에서도 잘 버텨온 자신에게 잘하고 있다 위로해주렴. 직장 밖에서의 온전한 내가 있어야 직장 안의 나도 제 역할을 하면서 오래 존재할 수 있는 거야. 그래서 몸과 마음의 근육이 단단해지도록 일과 삶의 균형을 맞추는 것도 필요하단다.

　딸. 우리는 밥벌이의 고단함을 안고 직장으로 향하지만 비단 돈을 벌기 위해서만 일을 하는 것은 아니야. 많은 사람과 교류하며 인맥을 쌓을 수 있는 기회도 있고, 다양한 경험 속에서 크고 작은 성취감을 느끼며 삶의 보람을 느낄 때도 있을 거야. 비록 내가 원하던 일이 아니어도 지금 하고 있는 일은 훗날 하고 싶은 일을 찾았을 때 경제적 여유와 더불어 능력을 키우는 데 도움을 주기도 한단다. 무슨 일을 하든 상관없이 그런 삶을 살아내는 것 자체만으로도 충분히 대단하고 박수받아 마땅한 일이야. 그러니 일하면서 좌절하고 스스로 작아질 때도 있겠지만, 너무 주눅 들지 말았으면 해. 사랑해, 딸. 힘들고 고된 일상이지만 하루하루 소중한 경험을 쌓아가는 자신을 위로하며 그 안에서 작은 의미와 배움을 찾으면 좋겠구나.

ps. 기억하렴! 밥벌이의 위대함을, 그리고 넌 지금 충분히 잘하고 있음을! ✿

직장 생활을 유지하는 것도
중요하지만
나를 잃지 않고 소중히 지키는 것이
더 중요하단다.

죽음

"잊지 말아야
막을 수 있다."

　우리 딸. 가끔씩 주변 사람들의 죽음을 접할 때면 많이
힘들지? 얼마 전까지만 해도 서로 웃음을 나누던 사람들
의 갑작스러운 부재를 받아들인다는 것은 누구에게나 힘
들고 가슴 아픈 일이야. 삶이란 것이 참으로 허망하고 부
질없단 생각에 쉽사리 잠을 이루지 못하는 날도 있을 거
야. 삶과 죽음. 제 아무리 목적지를 모른 채 바쁘게 앞만 보
고 가다가도 이 단어들 앞에서는 가던 발걸음을 잠시 멈
추게 되는 듯해.

살다보면 어느 날 갑자기 황망하게 떠난 사람들에 대한 소식을 많이 접하게 된단다. 시간이 흘러도 유난히 가슴에 남는 세월호 참사, 뉴스를 보면서도 믿기지 않았던 광주 아파트 붕괴 사고를 비롯해 지금도 계속되고 있는 코로나 바이러스로 인한 사망자들, 그리고 그 밖의 수많은 사건, 사고들로 인한 죽음 등 전혀 예기치 못했던 일들로 인한 죽음이 우리 도처에 깔려 있어.

　비단 기사에서만 접하는 이야기가 아니야. 엄마에게도 그런 일들이 있었단다. 이십 대에 사랑하는 가족과 친구, 그리고 함께 근무했던 동료의 죽음을 지켜보면서 충격과 상실감에 만감이 교차했던 적이 있었어. 내 삶의 일부였던 이들의 부재, 그리고 남아 있는 이들의 슬픔과 고통을 지켜보는 일은 엄마에게도 무척 힘든 일이었단다. 삶의 소중한 순간을 함께했던 사람들의 죽음의 그림자에서 벗어나는 것은 분명 그 누구에게도 쉽지 않은 일이니까.

　다만 그들의 죽음이 단순히 애도의 시간으로만 채워지

지 않았으면 해. 그들의 죽음이 남긴 메시지를 우리 기억하자. 그게 우리를 두고 먼저 하늘로 간 이들에 대한 예의이며 남아 있는 자의 몫이 아닐까 싶구나. 세월호 참사 후 오랜 시간이 지났지만 아직까지도 매년 전국 각지 분향소에는 그들의 죽음을 기억하며 그곳을 찾는 사람들이 많이 있단다. 어느 인터뷰에서 한 여성은 그날의 기억을 떠올리면서 이렇게 말했어. "그때 저도 희생 학생들과 동갑이었는데, 지금은 임용고시를 앞두고 있거든요. 학생들이 배 안에 가만히 있을 수밖에 없었던 이유는 시키는 대로 해야 한다고 가르치는 교육 탓도 있다고 생각해요. 남을 누르고 경쟁하는 방식만 배우는 학교에서 삶에 대해 충분히 고민하고 성찰할 기회를 주는 교사가 되고 싶습니다."

세월호 참사는 우리 사회에 큰 충격을 안겼던 사건이었어. 희생 학생들과 또래였던 학생들은 국가와 사회에 깊은 실망과 회의를 가지기도 했지. 불행 중 다행인 것은 참사 이후 협력의 필요성, 사회를 바꾸려는 실천 의지가 증가했다고 해. 사회 진출을 앞두고 스스로를 세월호 세대라

부르며 '다른 어른'이 되어 같은 비극이 반복되지 않게 하겠다고 다짐하는 이들의 모습을 보며 미안한 마음이 들었어. 그리고 우리 사회가 나아가야 할 방향을 말하며 자신의 위치에서 할 수 있는 방식으로 작은 목소리를 보태는 그들에게 고마웠단다.

나와는 상관없는 일들이 아니란다. 그들에게도 그랬듯이 우리에게도 언제든지 벌어질 수 있는 일이기도 하니까. 어쩌면 그들은 우리를 대신해 먼저 죽음을 맞이한 것인지도 몰라. 남아 있는 이들이 같은 상황을 겪지 않도록 하기 위해 우리 모두의 가슴에 이렇게 경종을 울리면서. 우리는 뒤늦게 누군가의 죽음을 통해 지금의 삶이 얼마나 소중하고 값진 것인지 깨닫고 의미 있게 살아가야겠단 생각을 하게 되는 듯해.

러시아의 유명한 작가이자 사상가인 톨스토이는 90여 편에 달하는 그의 작품을 통해 '메멘토 모리memento mori', 즉 '죽음을 기억하라'는 명제를 남겼단다. 평생 동안 '어떻게 살 것인가'를 고민했다는 그는 죽음을 두고 "보다 나은 사람이 되어가는 과정이 인생의 진정한 가치다"라고 말했어. 죽음을 수동적으로 막연하게 기다리는 걱정과 두려움의 대상이 아니라, 자아를 찾아가고 성장시키는 배움과 깨달음의 과정으로 인식한 거지. 엄마는 내 딸이 '더 나은 어른'이 되어 '더 나은 사회'를 만들어가는 데 작은 힘을 보태면 좋겠구나. 사랑해, 딸. 이렇게 엄마 곁에 찾아와 살아 숨쉬며 함께해줘서 고마워!

ps. "사람은 누구나 죽어. 빠르고 늦고의 차이지. 중요한 건 죽음에 먹히지 않는 거야." _애니메이션 <원령공주> ✽

그들의 죽음이 남긴
메시지를 우리 기억하자.

봉사

"나와 내 가족만
잘 먹고 잘 살아서는 안 된다."

요즘 유난히 사회적으로 힘든 일이 많아서 그런지 여기저기 온정의 손길이 이어지는 미담 기사를 많이 접하게 되는구나. 너도 본 적이 있지? 특히나 자신도 여유롭지 못한 환경인데 힘들게 모은 돈을 더 어려운 사람들을 위해 기부하는 사람들의 기사를 접할 때면 훈훈함을 넘어 깊은 감동이 밀려온단다. 사람으로 태어나 누군가에게 봉사하는 삶을 살아가는 일이 무엇보다 가치 있다는 것은 누구나 잘 알고 있는 사실일 거야.

하버드대학에서 봉사와 관련된 흥미로운 실험을 했어. 의대생들을 봉사 활동에 참여시킨 후 몸의 면역 기능을 측정하는 실험이었는데, 결과는 예상대로였다고 해. 봉사 활동 이전과 비교했을 때 이후의 면역력 수치가 크게 올라갔던 거지. 그런데 더 신기한 일이 있었어. 이번에는 실험 대상자들에게 평생토록 가난한 사람들과 어린이들, 병든 사람들을 위해 봉사했던 테레사 수녀님의 전기를 읽게 했단다. 그 후 같은 방법으로 면역 기능을 체크했더니 전기를 읽고 난 후에 면역력이 훨씬 더 활발해졌다는구나. 하버드 연구진은 이 기분 좋은 변화를 가리켜 '테레사 효과(Teresa effect)'라고 불렀어. 자신이 직접 봉사를 하지 않고 누군가가 봉사하는 모습을 보기만 해도 우리 몸이 좋아진다니, 참으로 신기한 일이지? 그만큼 봉사가 우리 인간에게 주는 의미와 가르침이 크다는 뜻 아닐까?

예전에 네 둘째 이모의 말에 엄마 가슴이 뜨끔했던 적이 있단다. "우리 삶의 목적이 나와 내 가족만 잘 먹고 잘 사는 것이어서는 안 된다. 누군가에게 도움이 되는 사람이 되어야 해." 뭐 그리 크게 베풀며 살진 못하지만, 나름대로는 가족이나 주변 사람들에게는 내가 가진 무언가를 작게나마 나누며 살고 있다고 생각했거든. 사실 시간만 조금 더 내고, 마음과 몸을 조금만 더 움직이면 될 일인데 엄마도 이런저런 핑계로 봉사를 실행에 옮기지 못하고 풀지 못한 숙제처럼 미뤄두기만 해서 혼자 찔렸었던 것 같구나. 네 이모는 동생들에게 우리들만 잘 먹고 잘 살지 말고, 도움이 필요한 누군가를 위해 기부 좀 하고 살라는 의미에서 그렇게 말했던 거야.

그날 이후로 비록 큰 금액은 아니지만 기부도 하고, 처음으로 봉사 활동이라는 것도 하게 되었어. 남들은 아무리 바빠도 평소에 봉사 활동이다 뭐다 정기적으로 잘도 하고 사는데, 기껏해야 한 달에 몇 만 원 기부하는 게 전부라서 마음에 걸렸거든. 그래서 1년 동안 좋은 쓰임을 위해 모아둔 돈으로 연탄을 후원하고 직접 나르는 연탄 봉사를 선택하게 되었단다.

연탄 봉사 모임을 준비하고 진행하면서 참으로 가슴 벅찼던 순간들이 많이 있었어. 당시 활동하던 온라인 카페에 좋은 취지를 담아 함께 봉사할 사람들을 모집하는 글을 올렸단다. 그런데 하루 만에 신청자가 모집 인원을 초과한 거야. 게다가 함께하고 싶은데 사정상 참석할 수 없다면서 후원금을 보내고 싶다는 사람도 있었어. 그래서 카페 운영자에게 상황을 얘기하고 공식적으로 후원금 계좌를 열었는데, 얼굴도 모르는 나를 믿고 많은 사람들이 후원금을 보내줬어. 연탄 봉사할 때 사용하라고 장갑과 손세정제를 보내준 사람도 있었고, 행사 당일에는 김밥, 두유, 귤 등 간식거리를 한 아름 챙겨온 사람도 있었지. 그렇게 30명이 넘는 인원과 함께 사랑의 마음을 담아 두 시간 동안 연탄을 날랐단다. 한겨울 추위 속에서 얼굴에 땀방울이 맺히도록 열심히 하던 사람들의 모습과 환한 미소가 참 아름다웠어. 덕분에 그다음 해에도 연탄 봉사를 하게 되었고, 마음 따뜻한 사람들과 함께 선물 같은 시간을 보냈단다.

살다보면 사느라 바빠 앞만 보고 정신없이 달리다가

어느 순간 '내가 추구하는 삶의 의미와 가치는 무엇일까?'
라는 질문을 스스로 던질 때가 있어. '어? 내가 원한 건 이
게 아닌데…' 하는 그런 생각들 말이야. 그럴 때 다른 사람
들과 마음을 한번 나눠보렴. 누구에게나 주어진 한 번뿐인
삶이지만 그 삶을 어떻게 살아가느냐에 따라 자연스레 그
삶의 모습에도 차이가 날 수밖에 없는 법이란다. '우리', '모
두', '같이', '함께'의 행복을 위해 네가 가진 작은 것이라도
베풀며 마음을 나누다보면 어느 순간 네 주변에 좋은 사람
들이 모이고, 그로 인해 네 삶도 더욱더 행복해질 거야.

세상에서 '사랑한다'는 말 다음으로 아름다운 말은 '돕
는다'는 말이라고 해. 물론 사람마다 각자 삶의 가치에 대
한 생각이 조금씩 다를 거야. 엄마가 생각하는 진정한 삶
의 가치는 자기 자신은 물론 타인과 함께 행복해지는 것이
야. 봉사는 누군가를 위해 손을 내미는 행동이지만 실제로
는 스스로를 구원하는 일이라고 할 수 있어. 누군가를 위
한 마음 나눔의 가장 큰 수혜자는 바로 나 자신이야. 그렇
게 생각하면 봉사라는 단어가 마냥 숙제처럼 느껴지지만

은 않을 거라 생각해.

거창하지 않아도 괜찮아. 주변을 한번 돌아보렴. 지금 네가 서 있는 자리에서 할 수 있는 작은 나눔의 방법들이 얼마든지 있단다. 그렇게 작은 한 걸음을 내딛는 것만으로도 충분히 의미 있는 삶이 될 거야. 그렇게 시간이 지날수록 빛을 발하는 것이 무엇인지 깨닫고 그것을 추구하는 삶을 살았으면 좋겠구나. 사랑해, 딸. 행복은 나눌수록 커진다는 사실을 기억해주렴!

ps. 물질적인 풍요도 좋지만 나눔의 행복을 느낄 줄 아는 정신적인 풍요를 누리며 살았으면 좋겠구나. ✤

누군가를 위해 손 내미는 것은
스스로를 구원하는 일이다.

오해

"역지사지는
나를 위한 일이다."

딸, 그동안 엄마에게 서운하고 속상했던 적도 많았지? 왜 엄마는 내 마음을 몰라주고 그렇게 말하는 걸까 생각했던 적도 있었을 거야. 세상 그 누구보다도 날 이해하고 사랑하는 가족 사이에도 그런데, 타인과의 관계에서는 오죽하겠니. 살아가면서 가장 힘든 일이 바로 인간관계라고 느끼는 순간들이 많이 있을 거야.

어느 사제가 쓰신 아버지와 아들의 이야기야. 연극을 하겠다며 상경한 아들이 어느 날 집으로 찾아와 자신이 살

집 보증금을 아버지에게 지원해달라고 부탁했대. "멀쩡한 놈이 취직해서 돈 벌고 가정 꾸릴 생각은 하지 않고 무슨 놈의 연극이냐! 네 친구들은 벌써 결혼해서 집도 사고 애도 낳아 잘 사는데 네 꼴은 뭐냐?" 아버지는 아들에게 하고 싶은 얘기를 차분히 전하지 못 하고 흥분 상태에서 쏟아냈고, 아들은 아무 대꾸도 못 하고 처진 어깨로 돌아갈 수밖에 없었지. 뒤늦게 후회가 된 아버지는 아들의 뒷모습을 바라보며 몹시 슬프고 괴로워했어. 그런데 서울에 도착한 아들이 아버지에게 이렇게 문자 한 통을 보냈다는구나. "아버지! 이제 아버지를 다시 찾지 않겠습니다. 그동안 감사했습니다."

너무나도 충격적인 아들의 말에 아버지는 수차례 전화를 하고 문자 메시지를 보냈지만 아무런 대답도 돌아오지 않았지. 사실 아버지의 속마음은 표현과는 달랐단다. 아버지는 아들의 남다른 재능을 잘 알고 있었어. 어릴 때부터 성적도 우수하고 뛰어난 리더십을 발휘했던 아들이 참으로 자랑스러웠어. 좋은 대학을 다니며 장학금 받는 모습도

뿌듯했고, 졸업 후 전공과 상관없는 연극을 한다고 할 때 조차 크게 반대하지 않았어. 무슨 일을 하든지 자신의 역할을 잘하며 살 거라 믿었기 때문이야. 그렇게 아들을 믿고 사랑하는 아버지였지만, 사실 그에게도 말 못 할 속사정이 있었어. 아버지는 큰 건설 회사의 하청을 받아 운영하는 회사 대표인데, 최근 원청 업체가 도산해 큰 빚을 떠안았던 거야. 그러다 부도 처리가 된 것이지. 하필 아들이 찾아온 시점이 부도 직전이라 가족은 알지 못하는 상황이었고, 사정을 말하고 싶었지만 타이밍을 놓쳤고, 상황을 모르고 돌아선 아들은 연락을 그만 끊고 말았던 거야.

아들 입장에서는 현실이 녹록지 않아 아버지를 찾았지만 오히려 아버지가 자신을 버렸다고 생각할 거야. 아버지가 현재 더한 아픔을 겪고 있다는 사실을 꿈에도 몰랐을 테니 말이야. 서로 믿고 사랑하는 사이에도 마음을 반대로 표현하고 제대로 전하지 못하는 경우는 의외로 흔하단다. 이야기는 그렇게 끝이 났고 아버지의 후회가 보는 이로 하여금 안타까움을 남겼던 글이었어. 아버지의 뒤늦은 후회로 끝나지 않고 아버지가 아들에게, 그리고 아들도 아버지에게 서로가 '다시 한번' 대화를 나누는 노력을 했다면 좋았을 텐데. 그러면 서로의 마음을 잘 이해하지 않았을까? 서로에 대한 오해가 이해로 바뀌어 해피엔딩이 될 수도 있었을 거야. 설령 마음의 응어리가 다 풀리지 않더라도 상대방의 입장을 직접 듣고 헤아리려 노력했다는 자체만으로도 의미 있는 일이야. 나름대로 최선을 다했으니 적어도 미련은 남지 않을 테니까.

엄마도 인간관계에 있어 생각지도 못한 일들에 마음 아팠던 적이 여러 번 있었단다. 특히나 한때는 매일 연락을 주고받을 만큼 친했던 사람과 이제는 안부조차 편히 물을 수 없는 사이가 되었을 때는 참으로 안타깝고 슬펐어. 찰나의 오해로 그동안 함께했던 모든 추억을 과거형으로 간직할 수밖에 없게 되었으니 그 마음이 오죽하겠니. 그럴 때 상대방의 입장에서 그런 선택을 한 것에 대해 이해하려 노력했어. 그랬더니 그 상황들을 조금은 담담하게 받아들일 수 있었단다. 물론 말처럼 쉬운 일은 아니지만 'I'가 아닌 'YOU'의 시선에서 바라보려고 노력한다면 '오해'가 '이해'로 바뀌는 신기한 경험을 하게 될 거야. 괴테는 "인생의 본질은 남을 이해한다는 점에 있다"고 말했어. 여러 의미에서 곰곰이 되새겨볼 만한 말인 듯해.

역지사지는 상대방을 위한 노력 같지만 그것의 가장 큰 수혜자는 바로 나 자신이란다. 타인의 입장을 이해하는 것은 결국은 나 좋자고 하는 일인 거야. 그런 마음으로 살다 보면 타인을 좀 더 이해할 수 있고 내 마음이 편해질 수 있어. 그로 인해 사고의 폭이 점점 넓어져 세상과 사람을 바라보는 시선이 달라지게 되는 거란다. 사랑해, 딸. 기억하렴. 역지사지는 결국 나를 위한 일이라는 것을!

ps. 사람은 누구나 겉으로 보이지 않는 그들만의 숨겨진 이야기들이 있단다. ✱

역지사지는
상대방을 위한 노력 같지만
그것의 가장 큰 수혜자는
바로 나 자신이란다.

편견

"가장 넘기 힘든 벽은
관념의 벽이다."

"폭풍우가 거세게 부는 어느 날, 유람선이 침몰하는 사고가 났어. 구조선에는 한 자리밖에 남지 않았지. 그때 어떤 남자가 자신의 아내를 유람선에 남겨둔 채 혼자 구조선에 올랐어. 아내는 침몰하는 배 위에서 남편에게 크게 소리쳤지. 과연 무슨 말을 했을까?" 선생님의 질문에 학생들이 소란스러워졌어. 혼자 살겠다고 구조선에 올라 탄 남편에게 원망 섞인 욕을 했을 거라는 의견이 많았지. 딸아, 너도 그렇게 생각하니?

소란스러운 와중에 한 학생이 손을 번쩍 들고 말했어. "선생님, 아마도 부인은 우리 아이를 잘 부탁한다고 했을 것 같아요." 선생님은 깜짝 놀라서 물었어. "이 이야기를 들어본 적 있니?" 아이가 고개를 저으며 답했어. "저희 엄마가 돌아가실 때 아빠에게 그렇게 말씀하셨어요." 선생님은 감격하면서 이야기의 결말을 마저 말해주었어. "아내는 침몰하는 배와 함께 세상을 떠났고, 남편은 아내 몫까지 딸을 잘 키워나갔지. 세월이 흘러 딸은 성인이 되었고, 아빠도 이제 이 세상에 없었어. 아빠의 유품을 정리하던 딸은 아빠의 일기장을 읽게 되었어. 사랑하는 아내를 혼자 보낼 수 없어 함께 죽고 싶었지만 딸 때문에 그럴 수가 없었다고, 혼자 외롭게 바다 속에서 잠들게 해서 미안하다는 내용이 담겨 있었단다." 배가 침몰할 당시 아내는 이미 중병에 걸려 있었고, 아내의 부탁으로 남편만 구조선에 올라 목숨을 구했던 거야.

이야기의 진실을 알고 나니 다시 보이지 않니? 너의 편견을 깨줄 또 다른 일화가 있단다. 화가 페테르 루벤스의 작품 <로마인의 자비>에 대한 이야기야. 이 그림은 두 손이 묶인 노인이 젊은 여인의 젖을 물고 있어. 단순히 보면 늙은 남자가 딸뻘의 여인과 부적절한 애정행각을 하고 있다고 생각할 수 있지. 실제로 이 그림은 예술이냐, 외설이냐 논란이 많았어. 그런데 이 그림에는 감동적인 사연이 담겨 있단다.

노인은 푸에르토리코의 자유와 독립을 위해 싸운 투사였고, 여인은 그 노인의 딸이야. 독재 정권은 이 노인을 교수형에 명하고, 교수형이 집행될 때까지 아무 음식도 주지 말라는 형벌을 내렸지. 딸은 아버지의 임종을 지켜보기 위해 감옥으로 갔어. 그리고 굶어 죽어가는 아버지를 위해 출산한 지 얼마 되지 않은 딸은 스스럼없이 자신의 젖을 아버지의 입에 물렸지. 이 그림은 부녀간의 사랑과 헌신, 그리고 애국심이 담긴 숭고한 작품이었던 거야. 이 역사적 배경을 아는 푸에르토리코 사람들만큼은 이 그림을 민족혼이 담긴 최고의 예술품이라며 자랑스럽게 생각하고 있어. 이처럼 히스토리를 잘 모르는 사람은 비난부터 하지만, 진실을 알고 나면 감동을 받는 법이야.

사람들은 겉으로 보이는 것만 보고 쉽게 판단해버리는 실수를 할 때가 많단다. 어떤 사람 혹은 상황을 보고 그 이면에 어떤 이야기가 숨어 있는지 한 번 더 생각해보지 않고 말이야. 때로는 그런 판단이 혼자만의 실수에서 그치지 않고 당사자에게 상처를 줄 때도 있어. 단 한 자리만 남은 구조선에 아내를 홀로 남겨둔 채 올라탄 남편을 보며 많은 사람들은 비난부터 했지. 정답을 맞춘 학생처럼 그와 비슷한 경험을 해봤거나 사정을 알기 전에 한 번 더 생각하는 습관을 가졌다면 눈에 보이는 이야기 너머의 이야기를 그릴 수 있을 거야. 그런 사람들은 눈에 보이는 것만 보고 쉽게 말하지 않지.

견자비전(見者非全). 눈에 보이는 것이 전부가 아니라는 뜻이야. 사실과 진실은 달라. 실제 눈으로 본 사실이 우리가 모르는 그 이면의 진실이 아닐 확률이 생각보다 높아. 그래서 그저 보이는 대로만 보고 믿고 판단해버리는 자세를 경계해야 해. 눈에 보이는 것만 보고 판단해서 눈에 보이지 않는 진실을 놓치는 경우가 많으니까.

특히 어떤 사람을 대할 때 섣부른 판단이 단순히 생각에서 그치지 않고 비난으로 넘어가지 않도록 각별히 조심하렴. 인터넷 세상에서는 모든 게 익명화되면서 너무 쉽게 타인을 비난하는 사람들이 많아졌어. 자신이 진실이라고 믿고 있는 것들이 잘못된 정보와 편견일 수 있음을 간과하고 무분별하게 키보드를 두드리는 거지. 그건 엄연히 범죄 행위야. 진실은 언젠가 밝혀진다고 하지만, 그동안 피해자가 겪을 고통은 누가, 어떻게 보상할 수 있을까.

우리가 살아가면서 마주하게 되는 수많은 일에는 때때로 선과 악, 진실과 거짓이 복잡하게 얽혀 있단다. 그래서 그저 눈에 보이는 것만으로 섣불리 판단하기 힘들 때가 많아. 내가 무심코 던진 돌에 개구리가 맞아 죽을 수 있어. 무심코 던진 말과 행동에 타인은 상처를 받고 힘들어하고 고통받을 수 있다는 거야. 때론 그 사람의 인생 자체를 무너뜨리기도 하지. 그런 사실을 생각하면 내 눈에 보이지 않는 진실을 간과하는 일이 줄어들 거야.

엄마도 살아오면서 겉으로 보이는 것만으로 판단하고 말하는 사람들 때문에 상처받고 마음 아파했던 시간들이 여러 번 있었어. 다행히 그런 시간을 통해 겸손과 이해의 시선을 가지고 사람을 대하려 노력하게 되었던 것 같아. 막상 내 일이 되어보니 내가 보고 있는 세상이 전부가 아니란 사실을 깨달으면서 좀 더 겸허한 마음으로 세상을 살아갈 수 있게 된 것이지. 서로의 다름을 인정하면서 다양성을 존중하고, 진실과 거짓을 구분하고, 유연한 사고로 상대방을 바라볼 수 있다면 세상을 좀 더 편안하고 즐겁게 살아갈 수 있을 거야. 사랑해, 딸. 네가 보고 믿는 것이 모두 진실이 아닐 수 있음을 항상 기억해주렴!

ps. 세상에서 가장 무서운 감옥은 생각 감옥이고, 가장 넘기 힘든 벽은 관념의 벽이래. 자신만의 편견을 깨고 보다 열린 생각으로 사람과 세상을 바라보기를 바랄게. ✿

네가 보고 믿는 것이
모두 진실이 아닐 수 있음을
항상 기억해주렴.

기록

"글쓰기는
인생의 가장 강력한 무기다."

딸아, 언젠가 네가 엄마에게 물었지? 어떻게 그렇게 꾸준히 글을 쓸 수 있냐고 말이야. 고등학생 때는 논술을 쓰고, 대학생 때는 자기소개서를 쓰고, 회사원이 되어서는 보고서를 쓰고 있는데 아무리 글을 써도 텅 빈 종이만 보면 아득하다고 했었지. 엄마도 그래. 여러 이유로 많은 글을 써오고 있지만 여전히 글쓰기는 어렵고 두렵단다. 그럼에도 엄마가 글쓰기를 놓지 않는 이유가 있어.

그동안 살아오면서 엄마는 글의 힘, 좀 더 정확히 말하자면 진정성이 담긴 글의 힘이 얼마나 강력한지 경험한 적이 많단다. 엄마가 썼던 글이 사람들에게 크고 작은 영향을 주고, 그로 인해 사람의 마음을 움직인 적도 있었어. 그 결과 엄마의 삶에도 적지 않은 영향을 주었지. 그 모든 것이 글을 쓰기 시작함으로써 가능했던 것이란다.

내 꿈은 작가가 아닌데 글을 잘 쓸 필요가 있냐고 물을 수도 있어. 전업 작가, 전문가만이 글을 쓰던 시대는 이미 오래전에 끝났단다. 엄마가 자랄 때만 해도 책을 내거나 글을 쓰는 일은 특정인에게 국한된 일이었어. 하지만 이제는 달라. 누구나 글을 쓰고, 꾸준히 쓰는 사람이 되어야 하는 세상에서 우리는 살아가고 있단다. 요즘 우리는 얼굴을 마주 보고 말을 주고받는 시대가 아닌 온라인을 통해 글로 소통하는 일이 더 많은 시대가 되었어. 앞으로는 더 그럴 거고. 온라인 의사소통의 기본은 바로 글쓰기란다.

필력이란 자신이 생각한 것을 글로 표현하고 전하는 능력이야. 너의 생각을 글로 잘 정리할 수 있다면 새로운 가능성과 기회들이 많아질 거야. 그리고 나의 진심과 진정성을 담아 써 내려간 글이 어느 순간 나 자신에게로 돌아오는 보람과 성취감은 이루 말할 수 없을 정도로 크단 사실도 알게 될 거야.

하버드대학 로빈 워드 박사는 하버드 졸업생 1,600명에게 "졸업 이후 당신의 현재 일에서 가장 중요한 것은 무엇인가?"라고 질문했대. 세계 최고의 인재라 불리는 그들이 뭐라고 답했을까 궁금하지? 리더십, 창의력, 사교성 등이 나올 거란 예상과 달리 놀랍게도 응답자의 90퍼센트가 '글쓰기 기술'을 1순위로 꼽았단다. 현재 하고 있는 일에서도 가장 중요하고, 앞으로도 계속해서 노력해야 할 영역이라면서 말이야. 그렇게까지 모두가 글쓰기를 강조하는 이유는 뭘까?

글쓰기는 머릿속의 생각을 정리해 문자로 표현해야 하는 만큼 고도의 사고력과 집중력을 필요로 하는 작업이야. 글을 쓰려면 먼저 자신만의 생각이 있어야 해. 그 생각을 일목요연하게 정리해 글로 표현하는 것이지. 그런 일련의 과정을 통해 비판적 사고력, 논리력, 창의력 등이 자연스럽게 계발될 수 있다고 해. 사회로 진출해 자신의 역량을 발휘해야 할 이들에게 글쓰기는 지식을 자신의 것으로 만드는 가장 확실한 방법이자 자기 분야에서 진정한 프로가 되기 위한 수단이란다. 무엇보다 인성을 가꾸는 데에도 도움이 돼. 혼자서 생각을 정리해 글을 쓰는 동안 때론 부족하고 모자란 스스로를 한 번 더 돌아보면서 나와 나를 둘러싸고 있는 세계에 대해 생각하고 이해하는 계기가 되기도 하거든.

그럼 너는 어떻게 해야 글을 잘 쓸 수 있냐고 묻겠지? 생물학자 찰스 다윈은 인간의 유래를 설명하면서 인간의 문화적 특성을 아주 잘 보여주는 것으로 세 가지 활동을 들었어. 그것은 바로 술 빚기(brewing), 빵 굽기(baking), 그리고 글쓰기(writing)라고 해. 이 세 가지 활동의 공통점은 다름 아닌 발효와 숙성에 있단다. 인고의 시간을 거치며 수많은 연습과 시행착오를 반복한 후에야 비로소 이뤄

낼 수 있는 것이란다. 그런 만큼 글쓰기는 아주 각별한 노력과 인고의 연습을 필요로 하는 능력이야. 하루 단 10분이라도 매일 글을 써야 비로소 생각을 하게 되고 그런 반복된 과정을 통해 꾸준히 쓰는 사람이 글을 잘 쓸 수 있게 된다고 말했단다. 글을 잘 쓰기 위한 방법에 왕도는 없어. Input이 많아야 Output도 많아지는 법. 많이 읽고, 많이 보고, 많이 쓰는 것을 습관화하는 방법밖에는 없단다.

무엇이든 상관없어. 뭐든 떠오르면 형식에 구애받지 말고 어떤 식으로든 일단 써보렴. 살아가면서 보고 느끼는 것들에 대해 생각날 때마다 항상 메모해둔다면 훗날 글로 너를 표현해야 할 때 많은 도움이 될 거야. 사랑해, 딸. 글쓰기 습관이 너의 지적 성장과 더불어 인격 성장을 이끌어줄 거라 믿어!

ps. 말과 글은 그 사람의 삶을 드러낸단다. 사는 대로 생각하는 사람이 아닌 생각하는 대로 쓰고, 쓰는 대로 살아가는 사람이 되기를 바랄게. ✽

너의 생각을 글로
잘 정리할 수 있다면
새로운 가능성과
기회들이 많아질 거야.

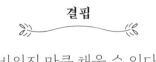

결핍

"비워진 만큼 채울 수 있다."

우리 예쁜 딸, 오늘따라 시무룩하게 집에 들어오던데 밖에서 무슨 일이 있었던 거니? 아침에만 해도 대학 동기가 취업해서 축하 파티를 하러 간다며 좋아하던 너였는데, 그 자리가 즐겁지 않았는지 걱정이구나. 며칠 전에 그 친구는 부모님도 전문직이라 경제적 여유도 있고, 공부도 잘하고, 이성 친구에게도 인기가 많다고 부러운 듯 말했던 것이 생각나네. 그래, 그럴 수 있지. 누구나 나보다 더 가진 것이 많거나 잘난 사람들을 보면 부러우면서 동시에 자존감이 떨어질 때가 있단다. 그 사람이 아무리 가까운 가족이고 친한 친구라고 해도 말이야.

　결핍은 사전적으로 '있어야 할 것이 없거나 모자람'을 뜻하는 단어야. 주로 부정적인 의미로 많이 쓰이지만, 결핍은 우리의 인생에 있어 때론 성장의 동력이자 성공의 원천이 되기도 한단다. 물론 모든 결핍이 그런 건 아니야. 결핍에도 두 가지 종류가 있어. 자신을 성장시키는 결핍과 자신을 무너뜨리고 주저앉게 하는 결핍이야.

　자신을 성장시키는 결핍의 출발점은 자신에게 주어진 힘들고 어려운 상황을 인정하고 받아들이는 태도에 있어. 자신의 결핍을 자각하고 불완전하고 부족함을 인정할 때 자신의 빈 그릇을 조금씩 채워갈 수 있는 법이야. 그런 과정을 통해 우리는 좀 더 단단해지고 성장해가는 것이란다. 반대로 자신의 결핍에서 오는 열등감을 인정하지 않고 외면하기만 한다면 절대 그 열등감에서 벗어날 수 없어. 그런 상황이 계속되면 결국 결핍에 무릎 꿇고 자기 비하 감정에 오랫동안 사로잡혀 빠져나오기 힘들게 되지.

살다보면 다른 사람에 비해 상대적으로 자신이 초라해 보여서 심리적으로 위축될 때가 있어. 하지만 그건 유독 나만 느끼는 감정이 아니란다. 남들이 보기에 아무리 대단해 보이는 사람이라도 누구나 한 번쯤은 그런 감정을 느껴본 적이 있을 거야. 세상에 완벽한 사람은 없거든. 그러니 상대방과 자신을 비교하면서 너무 부러워하거나 움츠러들 필요는 없어. 타인의 삶은 타인의 삶일 뿐이고, 원인과 정도의 차이일 뿐, 그들의 삶도 나와 마찬가지로 결핍이 존재하기 마련이니까.

세상에는 자신의 결핍을 극복하고 다방면에서 자수성가한 사람들이 참 많아. 고도 비만에서 꾸준한 관리로 적정 체중과 건강을 유지하고 삶의 활력을 되찾은 사람들의 이야기를 접해본 적이 있을 거야. 자신의 콤플렉스이자 건강의 위험 요소였던 고도 비만을 비관만 하지 않고 자신과의 싸움을 통해 얻어낸 노력의 산물이지. 그리고 그런 사례들은 서점에서도 종종 찾을 수 있단다. 우울증이나 여러 실패 사례를 바탕으로 쓴 책이 베스트셀러가 된 경우도 있어. 모두가 자신의 결핍을 인정하고 당당하게 밝혀 전화위복에 성공한 사람들이야.

　엄마도 그랬단다. 나 역시 살면서 크고 작은 결핍을 느낀 적이 여러 번 있었어. 그로 인해 심적으로 방황하고 힘든 시간들을 보내기도 했어. 그렇지 않아도 어릴 때부터 유난히 말이 없었는데 계속 혼자만의 우물에 갇혀 있으면서 더 말수가 줄어들었지. 그런데 어느 날, 평생 이렇게 살아야 한다고 생각하니 내 인생이 너무 아깝단 생각이 드는 거야. 내 인생은 너무 소중한데! 그런 생각으로 나의 결핍들을 하나둘씩 채우기 위해 노력했어. 결핍이라는 마음에 달린 무거운 추 하나가 엄마를 좀 더 성실하고 나은 사람이 될 수 있게 해주었던 거야. 그리고 결핍이 나를 좀 더 겸손하게 해주었고, 타인의 입장에서 한 번 더 생각하고 그들의 마음을 헤아릴 수 있게 만들어줬어. 그렇듯 엄마에게도 결핍은 성장의 원동력이었고 소중한 자산이자 꿈의 재료가 되어주었단다. 만약 결핍이 없었다면 그렇게 노력할 일도 없었을 것이고, 그 과정에서 많은 깨달음을 얻을 수도 없었을 거야. 돌이켜보면 무탈하지 않았던 삶의 순간들이 그저 아픔과 고통만 남겨준 것만은 아니었단다.

'순결과 청순한 마음'이 꽃말인 연꽃은 진흙탕 속의 오염물을 자양분 삼아 그토록 아름다운 꽃을 피운대. 평생을 진흙탕 속에 살지만 유난히 크고 고운 꽃을 피울 뿐만 아니라 티 없이 깨끗하고 향기로운 꽃이 바로 연꽃이야. 더군다나 아름다움이 자신에게만 머물지 않고, 더러운 흙탕물을 정화시키는 역할까지 하지. 그런 이유로 중국 북송시대의 유학자인 주돈은 《애련설》에서 연꽃을 '꽃 가운데 군자'라고 했어. 세속의 갖은 풍파에도 얽매이지 않는 초연한 군자의 풍모를 지녔기 때문이야.

주어진 상황을 탓하며 그저 결핍에만 머무르지 않고 삶의 의미와 원동력으로 바꾸는 능력, 그것은 비단 연꽃만이 아니라 우리에게도 있단다. 그 비결은 바로 결핍을 대하는 태도와 방향에 있다는 것을 기억해주렴. 그리고 결핍을 성장으로 이끌기 위해서는 비교 대상을 다른 사람이 아닌 자기 자신으로 둬야 해. 이때 노력의 방향을 결정하는 것도 바로 내 몫이란다. 그래, 알아. 그 과정이 많이 힘들다는 거. 하지만 인고의 시간을 보내고 삶이 좀 더 자유로워지는 날엔 분명히 너도 웃으며 비상할 거라 믿어. 사랑해, 딸. 너의 결핍에 좌절하지 않고, 그것이 더 나은 사람이 되기 위한 성장의 재료로 쓰이길 바랄게.

ps. 비워진 공간을 네가 원하는 만큼, 원하는 색으로 가득 채워봐. 그 과정을 지켜보는 자체만으로도 너는 어제보다 오늘 더 성장하는 거란다. ✽

너의 결핍이
더 나은 사람이 되기 위한
성장의 재료로 쓰이길.

독서

"비로소
사람을 이해하게 되다."

"오늘날 나를 존재하게 한 것은 우리 동네 작은 도서관
이었다. 나에게는 하버드 졸업장보다 독서하는 습관이 더
중요하다. 컴퓨터가 완전히 책을 대체할 수는 없다. 결국
책은 책이다." 세계적으로 유명한 빌 게이츠가 남긴 말이
야. 굳이 책을 읽지 않아도 지금 당장 살아가는 데 큰 지장
은 없어서 절실하게 와닿지 않을 수 있겠구나. 그럼 엄마
의 이야기를 들어볼래?

독서는 엄마의 삶에도 많은 변화와 영향을 주었어. 사

실 인생의 지혜 대부분을 책에서 배웠다고 해도 과언이 아니야. 그만큼 엄마에게도 독서는 인생을 바꾸는 강력한 원천이었단다. 어릴 때부터 내성적이었던 내 성격을 변화시킨 것도, 여러 모임에서 리더로 앞에 나설 수 있었던 것도, 예전 직장에서 빠른 승진을 하고 인정을 받게 된 것도, 그리고 생각한 바를 실천하고 행동하는 삶을 살게 된 것도 모두 독서의 영향이 아주 컸어. 어디 멀리 찾아 나서지 않더라도 책 몇 권으로 수많은 현인과 성공한 사람들이 들려주는 이야기를 통해 인생을 살아가는 지혜를 배울 수 있어서 참으로 좋았어. 물론 자신이 직접 경험하면서 보고 느끼고 배우는 것도 의미 있는 일이야. 하지만 책을 통해 우리는 수많은 지혜와 정보를 간접 경험하고 시행착오를 줄일 수 있단다.

사실 인생의 황금기라고 불리는 엄마의 20대는 그리 찬란하지 못했어. 대학 입시에 실패한 후 좌절의 늪에서 아주 오랫동안 헤어 나오지 못했거든. 그 시절, 자존심이 셌던 엄마는 인생에서 처음 경험했던 실패 앞에서 한없이 움츠러들어 나만의 동굴 속에서 갇혀 지냈어. 다른 사람들은 전혀 눈치 채지 못할 정도로 겉으로는 잘 생활하는 듯 보였지만 사실은 어두운 긴 터널을 지나고 있었던 거야. 그 시간 동안 독서는 엄마에게 큰 위로와 힘이 되어주었어. 그리고 길었던 터널을 무사히 벗어날 수 있게 도와주었고 한 뼘 더 성장할 수 있게 해주었단다.

이별의 상처로 힘들 땐 류시화 시인의《사랑하라 한 번도 상처받지 않은 것처럼》이 나를 다독여주었고, 이해인 수녀의《향기로 말을 건네는 꽃처럼》을 읽고 그처럼 좋은 글을 쓰는 작가가 되고 싶다는 생각을 했어. 직장에서 관리자로, 사회에서 리더로 활동할 땐 이종선의《따뜻한 카리스마》를 읽고 책에서 말하는 사람이 되려고 노력했어. 어느 날 한 동료가 엄마에게 따뜻한 카리스마란 단어가 어울리는 사람이라고 얘기해줘서 흐뭇했던 기억이 나는구나. 뿐만 아니라 가까운 이들의 죽음으로 두렵고 슬플 때 나를 지켜준 것도 책이란다.

낯선 이들의 모임에는 발길조차 하지 않던 엄마가 독서 모임의 운영자로 나설 수 있었던 배경에도, 생각한 것을 실천으로 행할 수 있게 해준 독서의 힘이 있었단다. 오랜 시간 동안 모임을 통해 수많은 사람들과 만나면서 나와는 다른 그들의 삶과 생각을 들을 수 있는 값진 시간을 보냈지. 생각해보면 모임 회원 중 평소 책을 즐겨 읽는 사람들도 많았어. 평소 독서를 잘하지 않지만 사회생활을 하면서 독서의 중요성과 필요성을 깨닫고 온 사람들도 많았고.

언젠가 독서를 통해서 얻을 수 있는 가장 큰 장점이 무엇이냐는 물음에 누군가가 이렇게 답했어. "비로소 사람을 이해하게 되었다." 다른 사람을 이해하게 됨으로써 사람과 세상을 바라보는 시선이 달라지고 그로 인해 내 삶까지도 바뀔 수 있게 된다는 의미야. 엄마도 독서를 통해 얻은 가장 큰 선물은 다른 사람을 좀 더 이해할 수 있게 된 것이란다. 독서를 통해 지식과 지혜를 얻는 그 자체만으로도 물론 의미 있는 일이야. 그리고 그것을 온전히 자신의 것으로 만들 수 있도록 노력한다면 네 삶이 더욱더 풍요로워질 거야. 사랑해, 딸. 삶이 곧 한 권의 책이 될 수 있는 스토리가 있는 너의 삶을 살아가기를 응원할게!

ps. 네가 세상에 홀로 서 있는 것처럼 느껴지는 순간에도 책은 인생의 가장 큰 친구이자 스승이 되어줄 거야. ✿

인생의 지혜 대부분을
책에서 배웠다.

3
장

행복을 오래

유지하고 싶은 너에게

여성

"스스로도
한계를 짓지 말자."

내 소중한 딸, 살다보면 '내 한계가 여기까지인가?'라는 생각이 들 때가 있지? 나이 때문에 혹은 여자라는 이유로 위축되었던 순간도 있었을 거야. 우리는 스스로를 잘 안다고 생각하지만 그렇지 않을 때도 많단다. 우리는 생각보다 자신의 능력을 과소평가하는 경향이 있거든.

몇 년 전, 뉴스에서 승무원으로 일하다가 37세에 조종사가 된 전미순 부기장의 이야기를 본 적 있어. 160 대 1의 경쟁률을 뚫고 승무원이 된 그녀는 수피 비행(견습 비행)에서 조종석에 앉아 처음으로 이착륙하는 모습을 보게 되었어. 그때 '아, 이런 세상도 있구나. 왜 난 한 번도 생각해보지 않았을까? 왜 나는 꿈꾸지 않았던가?'라는 생각이 들었대. 만 35세에 미국으로 건너가 조종사를 준비하게 된 그녀는 다음 해 말 조종사 자격증을 따고 돌아왔지만 현실은 쉽지 않았지. 항공업계에서는 보이지 않는 나이가 있었는데 바로 35세였어. 떨리는 마음으로 첫 도전을 했지만 서류 전형에 탈락하고 말았어. 나이와 여자라는 부분에 제약이 있었지만 그녀는 좌절하지 않고 다시 도전을 했고 결국 최종 면접까지 가게 되었어.

면접관이 이런 질문을 했다고 해. "조종사 시장에는 여자 파일럿들이 많이 없는데, 왜 그렇다고 생각합니까?" 그녀는 대부분의 항공사에서 여성 조종사를 많이 뽑지 않기 때문에 여성들이 준비되어 있어도 지원하지 않는 것 같다, 제가 만약에 뽑히게 된다면 이 항공사는 그런 유리천장이 없다는 것을 보여주는 첫 번째 사례가 된다, 그럼 이후에 수많은 여성 파일럿들이 지원을 할 거라고 대답했대. 그렇게 조종사가 될 수 있었고, 그녀가 인터뷰 끝에 남긴 말은 "너도 할 수 있다"였어.

우리는 때론 스스로가 정한 한계 속에서 살고 있어. 어떤 일을 해야 한다는 당위성이나 할 수 있다는 가능성 대신 그 일을 할 수 없는 이유를 먼저 생각하며 자기합리화를 하는 거지. 자신이 처해 있는 상황이나 주변 환경을 탓하는 경우도 많고. 그렇게 시도조차 하지 않고 안 되는 이유만 생각한다면 결과는 자명하단다. 우리 삶도 일도 뭐든 직접 부딪치고 경험해보는 것이 중요해. 자신의 한계를 스스로 정하고 도전하지 않는 삶을 산다면 미련과 후회가 남을 수밖에 없어. 직접 해보지 않으면 모르는 일들이 많거든. 물론 최선을 다한다고 해서 모든 일이 마음처럼 되는 것은 아니야. 하지만 시도하고 노력해보지 않고서 처음부터 불가능한 일이라 생각하는 일은 없었으면 해.

프랑스 현지 한인 사이트인 프랑스존닷컴 뉴스에서 직업·직무 관련된 여성형 신조어들이 화제에 올랐던 적이 있어. 불어 명사는 여성형과 남성형으로 구분되어 있는데, 화제된 내용은 여성형이 존재하지 않는 남성형 직종, 직업, 직무에서 새롭게 파생된 여성화된 어휘들이었단다. 아카데미프랑세즈가 관련 신조어들을 공식적으로 인정한다는 결정을 내려 프랑스 사회에 큰 반향을 불러일으켰다고 해. 오늘날 거의 대부분의 직종에서 성별의 성역이 무너지고 있으니 프랑스의 새로운 여성형 어휘 채택은 시대 흐름에 부응하는 당연한 결과란 생각이 드는구나.

전문가들은 여성의 사회적 참여가 두드러지게 나타나고 있는 이유가 과학기술의 발달과 여권 신장에 힘입어 지적 능력과 정교함, 치밀함 등 여성의 장점이 발휘되고 있기 때문이라고 풀이하더구나. '여자라서' 포기당하고 포기했던 일들이 이제는 '여자라서' 더 잘할 수 있다고 인정받고 있어.

딸, 우리는 스스로 정하는 만큼 앞으로 나아갈 수 있어. 세상은 할 수 있다고 믿는 사람의 손을 들어준다. 자신이 믿는 만큼 무언가를 성취할 기회가 많아지는 거야. 우리에게 부족한 것은 어쩌면 능력이 아니라 스스로에 대한 믿음일지도 몰라. 할 수 있다고 생각하고 포기하지 않으면 기회의 문이 열리고, 할 수 없다고 생각하면 조금 열려 있던 문도 닫히는 법이야. 스스로의 능력을 과소평가하며 불가능한 일이라 단정 짓지 말고 네 삶에 가능성을 불어넣었으면 해. 그리고 그 가능성은 언제나 네 마음속에 있다는 사실을 기억하렴. 사랑해, 딸. 한계를 미리 정하지 마. 그리고 자신을 한번 믿어봐!

ps. 스스로 정한 한계, 그 한계를 벗어나는 일도 바로 스스로 해야 할 일이란다. ✽

우리에게 부족한 것은
어쩌면 능력이 아니라
스스로에 대한 믿음일지도 몰라.

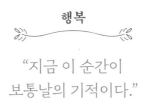

행복

"지금 이 순간이
보통날의 기적이다."

우리 딸, 오늘 무슨 좋은 일이라도 있었니? 유난히 기분이 좋아 보여서 엄마도 기분이 좋구나. 살다보면 '아 이런게 행복이지!' 싶은 순간이 있을 거야. 사랑하는 가족과 함께 여행을 갈 때, 하늘이 맑은 초여름 날 잔디밭에 돗자리 펼쳐놓고 친구들과 도란도란 이야기 나눌 때, 바쁜 하루를 무탈하게 마치고 집에 돌아와 개운하게 씻고 야식을 먹을 때처럼 보통날의 기적 같은 순간이 참 많아. 지금 서 있는 자리에서 주위를 한번 둘러보렴.

행복과 불행은 쌍둥이로 태어난다는 말이 있어. 그만큼 행복과 불행은 떼려야 뗄 수 없는 관계라는 뜻이지. 사람이 불행하다고 느끼는 것은 자기가 가진 행복을 미처 느끼지 못하고 간과하기 때문이야. 삶의 모든 순간이 행복할 수 없듯 삶의 모든 순간이 불행한 것 또한 아니란다.

인간은 때론 자신이 경험한 불행을 통해 행복이 무엇인지를 배우기도 해. 생각해봐. 우리는 대부분 평소 건강할 때는 건강의 소중함을 잘 느끼지 못해. 그러다가 감기에 걸려 고열에 시달리거나, 다리를 삐끗해서 제대로 걷기 힘들어지면 비로소 건강의 소중함을 깨닫게 되지. 행복도 마찬가지야. 우리가 당연하게 누리고 있던 것을 잃고 나서야 비로소 그때 내가 가진 것이 얼마나 감사하고 행복한 것이었는가를 알 수 있어.

그런데 자신이 느끼던 행복이 순식간에 불행으로 바뀔 때가 있어. 바로 다른 사람과 비교할 때란다. 자신이 가진 것을 타인과 비교하며 마음이 흔들리는 순간 불행이 시작되는 거야. 불행은 비교에서 시작되고, 행복은 만족에서 시작된다는 사실을 항상 기억해주렴.

행복은 무엇을 많이 가졌느냐, 또 원하는 것을 얼마나 이루었느냐 같은 어떤 조건이 아니라 삶에 대한 시선, 즉 자신의 마음가짐에 달려 있단다. 가장 행복한 사람은 특별한 이유가 없어도 삶을 즐길 줄 아는 사람이라고 해. 그 비결은 바로 일상의 소소한 것들에 관심을 가지며 감사해하는 태도가 아닐까 싶구나. 별것 아닌 것처럼 느껴질 수 있지만 그 별것 아닌 일들이 결국 우리를 행복하게 만들어준단다. 뒤돌아보면 따뜻한 미소가 지어졌던 행복은 언제나 별것 아닌 것들에 있었어. 행복을 찾아 굳이 멀리 밖으로 나설 필요가 없어. 스스로 행복한 사람이 되기로 마음먹는 순간 행복이 찾아오는 거야.

다만 다른 사람의 눈에 행복하게 보이는 것이 아니라 스스로 행복하다고 생각해야 해. 스스로 행복한 삶을 만들지 않으면 행복해질 기회는 많지 않단다. 때때로 사람들은 자신보다 다른 사람에게 행복하게 보이기 위해 애쓸 때가 있어. 그러다보면 자신이 누릴 수 있는 진짜 행복을 놓칠 수가 있으니 온전한 행복을 느끼기 위해서 타인의 시선을 너무 의식하지 않았으면 해.

흔히 남들이 말하는 사회적으로 성공한 삶을 살지 못한다 해도 누구나 행복한 삶을 살 수는 있어. 어쩌면 인생의 황혼녘에서 나는 정말 행복한 삶을 살았노라 말할 수 있는 사람이 진정으로 성공한 인생이 아닐까 싶구나. 행복은 우리가 간절히 원하고 바라는 것이 이루어지는 최종 목적지가 아니야. 우리에게 주어진 삶 순간순간 행복이 있다는 것을 기억했으면 해. 사랑해, 딸. 우리 행복하자!

ps. 행복은 here and now. 우리가 살고 있는 지금 바로 여기에서 행복할 수 없다면 영원히 행복할 수 없단다. ✽

다른 사람의 눈에 행복하게
보이는 것이 아니라
스스로 행복하다고 생각해야 해.

운동

"숫자에
연연하지 않는 삶을 살자."

딸, 요즘 많이 피곤하니? 예전엔 주말이면 이곳저곳 다니느라 바쁘더니 요즘 들어 부쩍 침대에 있는 시간이 늘어난 걸 보니 애잔하고 안쓰럽구나. 지금 당장 절실함을 느끼지 못해 운동과는 거리가 먼 삶을 살다보니 체력이 많이 약해졌을 거야. 게다가 다이어트를 한다며 불규칙하게 식사를 하니 몸이 힘들 수밖에 없겠지.

엄마는 마흔이 넘어 처음으로 마음먹고 건강 다이어트를 했던 적이 있단다. 신장에 비하면 적정 체중이긴 했어.

그런데 출산 후 늘어난 체중은 좀처럼 줄어들지 않았고, 어느 날 거울 앞에 선 내 모습이 너무 마음에 들지 않았던 거야. 나이가 들수록 얼굴과 몸은 변하고 전과 달리 옷맵시도 나지 않으니 그럴 수밖에 없었지. 그걸 직접 눈으로 보고 느끼다보니 더 이상 그냥 있으면 안 되겠단 생각이 들었단다. 그렇게 건강 다이어트를 시작하게 됐어. 사실 엄마는 운동이라고는 숨쉬기 운동밖에 하지 않던 사람이었어. 그런 내가 건강을 위해 식단을 관리하고 운동을 하게 된 것은 삶의 큰 변화였단다. 그로 인해 자연스럽게 옷맵시도 좋아졌고 거울 앞에서도 주눅 들지 않을 수 있게 되었어.

그런데 그보다 더 좋았던 건 근력이 늘어나 체력이 좋아지면서 피로감이 줄어들었고, 성취감에 자존감도 높아졌다는 거야. 무언가를 새롭게 시도하고 도전하는 일이 머뭇거려지는 나이에 그런 경험은 또 다른 도전을 하는 데 큰 도움이 되었단다.

《좋은 생각》에서 읽었던 어떤 사람의 운동 이야기를 들려줄게. 그녀는 우울하고 불안한 생활을 하고 있었어. 갑작스러운 실직에 취업난까지 겹쳐 무언가를 시작하기가 두려워 방에 틀어박혀 끼니를 거르고 잠만 잤다고 해. 평범한 일상에서 멀어지면서 점점 부정적인 생각이 커져 갈 때 즈음 그녀의 할머니가 넌지시 말을 건넸대. "올해도 봄꽃이 참 예쁘게 폈더라. 산책 좀 하면서 봄꽃도 보고 오너라." 그 길로 향한 공원에서 예쁜 봄꽃과 앞으로 달려가는 수많은 사람을 보며 문득 이런 생각이 들었대. '꽃이 꼭 한자리에 가만히 피어 있는 존재만을 의미하는 건 아니구나. 사람도 생기를 띠면 꽃만큼이나 아름답구나.'

그날부터 시작된 산책은 일주일이 지나자 달리기로 변했어. 조금만 뛰어도 터질 것 같던 심장이 달리기에 익숙해질수록 튼튼해졌대. "네가 요새 운동을 하니까 할미 맘이 편타. 널 포기하지 마라. 네가 널 포기하지 않으면 반드시 웃을 날이 온다." 아마 그녀의 마음도 아주 튼튼해졌을 거야. 그녀에게 이제 운동은 단순한 운동 이상의 의미로 자리 잡았을 거란 생각이 드는구나.

몸 건강이든 마음 건강이든 우선순위에 두지 않으면 그것을 잃어버렸을 때, 회복하는 데 많은 시간과 비용이 들 수밖에 없어. 그러니 뒤늦게 후회하지 말고 지금 당장 결심해보렴. 처음부터 욕심내면 일찍 지쳐서 포기하기 쉬우니 조금씩 꾸준히 해봐. 체중은 운동과 다이어트의 성공 기준이 아니란다. 체중계의 숫자에 너무 연연하지 말고 건강한 몸을 가꾸는 것을 목표로 시작해보렴. 몸에 근육이 붙을수록 마음의 근육도 더욱더 단단해질 거야. 사랑해, 딸. You can do it!

ps. 소중한 내 몸에 스스로 예의를 갖추고 사랑해주렴. ✿

무언가를 새롭게
시도하고 도전하는 일이
머뭇거려지는 나이에
운동은 또 다른 도전을 하는 데
큰 도움이 되어준단다.

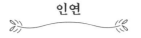

인연

"스쳐 지나가는
사람도 다시 보자."

사랑하는 우리 딸, 요즘은 좀 괜찮아졌니? 대인 관계 문제로 고민이 많아 혼자 있는 시간이 많았잖아. 엄마도 비슷한 문제로 속앓이한 적이 많았단다. 그래도 시간이 지날수록 좋지 않은 기억들이 조금씩 옅어지고 좋은 인연에 대한 추억이 더 많이 남아 다행이었어. 인간(人間)의 의미를 한번 자세히 들여다보렴. '사람 인(人)'은 두 사람이 서로 기대고 있는 형상을 하고 있어. '사이 간(間)'도 사람 사이, 즉 관계를 의미하는 것이란다. 인간이란 단어가 의미하는 것처럼 이 세상은 혼자서는 살아갈 수가 없어. 사람과 사람이 만나서 관계를 맺고 살아가야 하는 것이 인간의 운명이야. 그래서 인연을 대하는 마음가짐이 우리 인생의 행복과 불행을 결정한다고 해도 과언이 아니야.

돌이켜보면 살면서 후회하는 일 중 하나가 바로 마음을 나누던 인연을 마음에서 떠나보내야 했던 일이야. 사느라 바빠 타이밍을 놓쳐 제때 안부를 전하지 못해 연락이 끊기거나 미처 생각지도 못했던 오해로 인해 등 돌린 뒷모습을 바라봐야만 했던 경우도 있었어. 그런 일이 있을 때마다 오랫동안 마음에서 지워지지 않더구나. 관계가 친밀했던 사람일수록 그 여운이 오래갈 수밖에 없단다.

그리고 때론 두 번 다시 볼 일이 없을 거라 생각해서 가볍게 생각했는데 생각지도 못한 자리에서 만나게 되어 곤란해지는 경우도 있어. 뒤늦은 후회는 소용 없단다. 관계를 돌이키려 애써도 한 번 어긋난 인연은 제자리로 돌아오기 어려운 법이야. 그것이 바로 모든 인연을 소중히 해야 하는 이유고.

이 세상에 사람보다 소중한 존재는 없어. 그리고 가장 어렵게 느껴지는 것도 사람이지. 그만큼 사람과 잘 어울리며 오랫동안 좋은 인연을 유지하며 산다는 건 쉽지 않은 일이기도 해. 하지만 분명한 것은 좋은 인연을 만나기 위해 노력하기보다 내가 먼저 좋은 사람이 되면 어느 순간 자연스럽게 좋은 인연들로 채워질 거라는 사실이야.

좋은 인연은 만들어지는 것이 아니라 우리 스스로 만들어가는 거야. 이런저런 잣대로 누가 더 중요한 사람이고 누가 덜 중요한 사람인지 머리로 너무 계산하지 않았으면 좋겠구나. 내게는 별 볼 일 없어 보이는 사람도 누군가에게는 세상 그 누구와도 바꿀 수 없는 유일무이한 소중한 존재란 것을 잊지 말았으면 해.

"소재(小材)는 인연을 만나도 인연인 줄 모르고, 중재(中材)는 인연을 만나도 살릴 줄 모르며, 대재(大材)는 옷깃만 스친 인연도 큰 인연으로 만든다"라는 말이 있어. 사람의 인연이란 것은 아무도 모르는 거야. 그 관계가 앞으로 어떻게 될지는 그 누구도 장담할 수 없거든. 때론 별것 아니라 생각했던 나의 도움이 상대방에게는 평생 잊지 못할 인연으로 남을 수도 있어. 그러니 작은 것 하나라도 소중히 여기는 마음이 필요한 거야. 타인에 대한 작은 관심과 따뜻한 손길, 그리고 마음에만 머무르는 것이 아닌 표현할 줄 아는 조금의 용기만 있으면 충분하단다. 사랑해, 딸. 소중한 인연들이 네 삶에 함께하길 기도할게!

ps. 누군가에게 작지만 뜻깊은 의미로 남을 수 있는 인연이 되어주렴. ✽

한 번 어긋난 인연은 제자리로
돌아오기 어려운 법이야.
그것이 바로 모든 인연을
소중히 해야 하는 이유고.

여행

"몸에 새긴 교훈은 평생 간다."

딸 안녕. 오늘 하루는 어땠어? 매일같이 반복되는 일상이 지루하고 답답하니? 집과 직장을 시계추처럼 왔다 갔다 해야 하는 삶에 싫증이 나기도 할 거야. 왜 안 그렇겠니. 엄마도 그랬단다. 나름대로 주어진 하루를 열심히 살고 그 안에서 의미를 찾기도 했지만 항상 채워지지 않는 무언가가 있었어. 그렇게 삶에 물음표가 생길 때, 쉼표가 필요할 때 엄마는 여행 가방을 쌌단다.

엄마에게 있어서 여행은 평범하고 익숙한 삶에서 벗어

나는 것에 그치지 않아. 오히려 평범하고 루틴한 삶이 얼마나 소중하고 감사한지를 새삼 깨닫게 해주는 스승과도 같았단다. 나를 돌아보고 알아가는 데 도움이 되었고 삶의 에너지를 얻을 수 있게 해주는 삶의 동반자와도 같았어. 그리고 세상과 사람에 상처받아 힘들고 지칠 때는 마음을 어루만져주었지.

사랑하는 사람과 헤어진 후 떠났던 세부에서 깊은 바다에 슬픔을 흘려 보냈고, 동료들과 떠난 속초 여행에서 함께 재충전할 수 있었고, 일상에 지쳐 휴식이 필요했을 때 보라카이로 떠나 삶의 의미와 방향을 다시 한번 고민할 수 있었어. 발리에서는 폭우로 눈앞에서 대교가 무너지는 광경을 보며 삶과 곁에 있는 이들의 소중함을 깨달았지. 이렇게 몸으로 부딪치며 얻는 교훈은 무엇도 따라올 수가 없어. "백 권의 책을 읽는 것보다 열 번의 강의를 듣는 게 낫고, 열 번의 강의를 듣는 것보다 한 번의 실전 경험이 더 낫다"는 말처럼 말이야.

엄마가 살면서 가장 후회되고 아쉬운 점은 바로 젊었을 때 여행을 더 많이 다니지 못했다는 거야. 돈이 있으면 시간이 없고, 시간이 있으면 돈이 없을 때도 있어. 그리고 둘 다 있어도 건강이 허락하지 않거나 지금처럼 코로나 같은 뜻밖의 상황이 생기기도 하지. 그러니 나중으로 미루지 말고 기회가 있을 때마다 여행을 다니렴. 돈은 있다가도 사라지지만 여행의 기억은 죽을 때까지 남으니까.

인도의 철학자 브하그완은 여행에 대해 이렇게 말했어. "여행은 그대에게 적어도 세 가지의 유익함을 가져다줄 것이다. 하나는 타향에 대한 지식이고, 다른 하나는 고향에 대한 애착이며, 마지막 하나는 자신에 대한 발견이다." 돌이켜보면 삶과 일상의 소중함을 깨닫고 행복을 발견한 곳은 푸른 하늘 아래, 길 위일 때가 많았던 듯해. 여행을 마치고 올 때마다 엄마는 조금씩 달라질 수 있었어. 너도 여행을 떠난다면, 그곳에서 본 새로운 풍경이 너의 마음속 풍경을 바꿔놓을 거야. 사랑해, 딸. 어때, 그럼 이제 가방 한번 싸볼까?

ps. 완벽한 계획을 짜지 않아도 괜찮아. 여행은 일상의 빈

틈을 만끽하러 떠나는 거야. ✱

삶에 물음표가 생길 때,
쉼표가 필요할 때
엄마는 여행 가방을 쌌단다.

공부

"오랫동안 꿈을 그리는 사람은
그 꿈을 닮아간다."

우리 딸, 요즘 다시 고민이 많아 보이는구나. 학교를 졸업하고 돈을 벌면 더 이상 진로를 고민하지 않아도 될 줄 알았는데, 오히려 나이가 들수록 내가 좋아하는 게 무엇인지 더 고민하게 되지?

사실 꿈이라는 것은 우리가 생각하는 것만큼 거창하거나 특별한 무언가가 아니란다. 우리의 소소한 일상 속에서 보고 느끼며 실천으로 옮기고자 하는 일, 그리고 추구하는 삶의 가치와 방향성 등 그 모두가 꿈이 될 수 있는 거야.

그런데 어떤 꿈을 가지고 어떤 삶을 살아갈 것인지 정하는 것부터 막연하게 느껴지기도 해. 그럴 땐 다양한 경험과 독서를 통해 직·간접적으로 많은 것을 보고 느껴보렴. 그러다보면 어느 순간부터 자신이 좋아하는 것들이 생기면서 자연스레 가슴속에 무언가가 싹을 피우기 시작할 거야. 그렇게 자연스러운 끌림으로 시작된 꿈은 인생에 있어 크고 작은 목표들을 세우며 삶의 방향성을 정하는 데 영향을 주게 된단다. 꿈을 찾아가는 길은 누군가가 알려주는 것도 아니고, 가는 길목마다 이정표가 있는 것도 아니라서 찾기 힘들 수 있어. 하지만 자신의 힘으로 그 길을 찾아가는 과정, 그것이 곧 우리의 인생이고 그 과정 속에서 자신의 존재 이유와 삶의 의미도 함께 찾을 수 있을 거야.

사실 엄마는 꿈에 대해 진지하게 생각해본 시기가 20대 후반쯤이었단다. 자라면서 어떤 직업을 가져야겠다는 생각을 해본 적은 많았어. 하지만 어떤 삶을 살고 싶은지, 어떤 일을 하고 싶은지에 대해서 많은 생각을 해본 적이 없는 것 같아. 그러다 직장 워크숍 강연에서 들었던 감명

깊은 이야기가 꿈과 삶의 방향성을 정하는 데 마중물이 되었단다. 그 내용은 다름 아닌 '내가 좋아하고 잘할 수 있는 일로 누군가에게 작게나마 도움이 되는 삶을 살아가자'였어. 그날 밤 강연 내용을 되새기며 진정한 삶의 의미와 방향성에 대해 많은 생각을 했고, 그렇게 엄마의 꿈도 가슴 깊이 자리 잡게 되었단다. 자신이 닮고자 하는 롤모델을 정하는 것도 좋아. 그와 비슷한 삶을 살아가기 위해 끊임없이 노력하면 시나브로 그 사람을 닮아가는 데 도움이 될 거야.

미국의 예일대학에서 특정 연도에 졸업한 학생들을 대상으로 조사한 적이 있어. 그 졸업생들 가운데 3퍼센트가 평소 자기 꿈이나 비전을 글로 써놓았다는구나. 20년 뒤 그 졸업생 3퍼센트의 재산이 비전을 써놓지 않은 97퍼센트의 재산을 모두 모은 것보다 많았다고 해. 자신의 꿈과 비전을 명확하게 인지하고 그것을 항상 가슴에 담고 살며 노력했던 사람들이 사회적으로 성공했다는 것을 보여주는 연구 결과였어.

엄마가 마흔이 넘어서도 계속 공부하는 이유가 뭘까? 더 잘 먹고 잘 살기 위해서? 물론 그것도 틀린 말은 아니야. 좀 더 정확하게 말하자면 '다른 사람과 더불어' 잘 먹고 잘 살고 싶어서야. 그것이 엄마의 꿈이거든. 우리는 원하는 꿈을 이루기 위한 수단으로 공부를 하는 거야. 좋은 대학과 좋은 직장도 내가 원하고 바라는 꿈을 위한 수단일 뿐이지, 그것이 곧 꿈을 의미하는 건 아니니까.

네가 들으면 웃겠지만, 사실 엄마는 학창 시절에도 이렇게 열심히 공부해본 적이 없단다. 그런데 꿈이 생기니 공부를 해야겠다는 생각이 들었어. 늦은 시간까지 공부를 하고 글을 쓰는 게 힘들고 피곤할 때도 물론 많았지. 그럼에도 불구하고 지치지 않을 수 있었던 것은 바로 가슴속에 꿈이 있었기 때문이란다. 학창 시절, 꿈 없이 맹목적으로 공부했을 때는 공부가 부담 그 자체일 수밖에 없었어. 그런데 공부가 꿈을 이루기 위한 수단이 되고, 내가 선택하고 노력할 수 있는 일이라 생각하니 공부를 하는 마음가짐이 달라지더구나. 꿈이 나를 공부하게 만들었고 그렇게 강하게 만들어준 거야.

무엇이든 지금 당장 열심히 잘하는 것도 중요하지만 얼마나 오래 꾸준하게 하느냐가 더욱 중요하단다. 엄마는 평범한 일을 지속하는 사람이 비범해질 수 있다는 말을 믿어. 짧지 않은 인생을 살면서 자신을 표현할 수 있는 이야기가 없는 사람은 가난한 사람이라고 했어. 아무리 가진 돈이 많다 해도 인생의 부자까지는 될 수가 없다는 말이야. 네가 생각하고 원하는 꿈이 무엇이든 꿈을 가슴에 품는 것 자체만으로도 충분히 의미 있는 일이라 생각해.

미국의 유명한 시인 롱펠로우는 노년에도 젊음을 유지하는 비결을 묻는 사람들에게 이렇게 말했어. "나무가 늙어서도 꽃을 피우고 열매를 맺는 이유는 계속 성장하고 있기 때문이다. 나 역시 나이가 들었지만 매일매일 성장하는 마음으로 살아가고 있다." 물리적 나이는 그저 숫자일 뿐, 꿈을 꾸지 않고 살아가는 청춘보다 꿈을 꾸며 살아가는 노년의 삶이 더욱더 푸르고 아름다워 보이는 법이지. 인생의 성공과 행복은 바로 꿈꾸는 자들의 몫이란다. 프랑스의 소설가이자 정치가인 앙드레 말로의 말처럼 '오랫동안 꿈을 그리는 사람만이 마침내 그 꿈을 닮아갈 수 있다'는 사실을 항상 가슴에 담아두길 바랄게. 사랑해, 딸. 간절히 원하고 바라는 네 꿈이 이루어지길 함께 기도할게.

ps. 별은 바라보는 자에게 빛을 준다는 사실을 항상 기억해 주렴.

평범한 일을 지속하는 사람이
비범해질 수 있다는 말을 믿어.

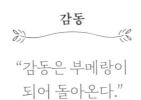

감동

"감동은 부메랑이
되어 돌아온다."

딸, 오늘 밖에서 무슨 좋은 일 있었니? 집에 돌아오자마자 활짝 웃으면서 "엄마, 사랑해요. 세상에서 엄마가 제일 좋아요!"라고 말하는 널 보니 어찌나 기쁘던지. 아마 넌 모를 거야. 그런 사소한 말에 엄마가 얼마나 감동하고 행복해 하는지를. '감동'은 듣기만 해도 가슴속 울림과 함께 따뜻함이 느껴지는 말이야.

감동은 엄마 삶의 모토 중 하나란다. 그만큼 가장 좋아하는 말 중 하나기도 하고, 즐겨 쓰는 말이기도 해. 누군가

내게 행복을 부르는 강력한 힘을 가진 것 중 딱 세 가지만 꼽으라고 한다면 망설임 없이 '사랑, 감사, 감동'을 말할 거야. 항상 행복해 보이는 사람들의 비밀 중 하나가 감동하는 습관이란 말에 절대적으로 공감하는 이유기도 해. 감동을 주는 삶, 감동과 함께하는 삶은 분명 너의 하루하루를 풍요롭고 의미 있게 만들어줄 거야.

잊지 못할 감동의 순간이 있어. 코로나19로 모두가 힘든 시간을 보내고 있던 어느 날, 고생하시는 분들에게 작은 마음이라도 전하기 위해 어린 너의 손을 잡고 선별 진료소에 찾아갔었지. 특별한 재능도, 그렇다고 특별히 가진 것도 많지 않지만 지금 이 순간 내가 할 수 있는 작은 일이라도 해야겠단 생각이 들었어. 일선에서 고생하시는 분들을 위해 감사와 응원이 담긴 편지와 떡 몇 상자를 사 들고 보건소를 찾았어. 쉴 틈 없이 일하시는 데 혹시나 누가 될까 싶어 얼른 감사 인사와 함께 준비한 선물을 드리고 집으로 돌아왔었지.

엄마에게는 그저 마음만 담은 작은 선물이었는데, 힘들고 고된 시간을 보내고 있는 분들에게는 큰 의미가 되었나 봐. 보건소장님이 감사의 마음을 표하고자 엄마에게 직접 전화하셨어. 평범한 일상이 그리워지고 약간 지쳐갈 시기였다고 해. 그런데 생각지도 못했던 우리의 선물에 보건소 직원 모두가 감동을 받고, 눈물도 나고 힘이 되었단 말씀을 하셨어.

그 이후 지역 홍보 영상과 소식지에도 사연이 실려 엄마도 감동을 받았던 기억이 나는구나. 소식지 안에는 선별 진료소에 파견 나와 근무하고 있는 어떤 분의 인터뷰가 담겨 있었어. 그중 코로나19와 관련해 기억에 남는 일화가 있냐는 물음에 이렇게 답해주셨어. "선별 진료소를 찾아온 아이 어머니가 생각난다. 힘들고 어려운 시기에 고된 일을 마다하지 않고 최일선에서 고생한다며, 진심이 느껴지는 격려의 말과 함께 떡을 전달해주고 가셨다. 혹여나 직원들이 부담을 가질까봐 딸아이 교육 차원에서 왔다면서 배려하는 모습이 더욱 감동적이었다. 떡과 함께 따뜻한 마음이 담긴 손 편지도 들어 있었다. 그동안 누적된 긴장과 업무 피로가 눈 녹는 듯 사라지고 큰 위로와 격려를 받은 시간이었다."

힘든 시기에 오랜 시간 동안 고생하시는 분들을 위해 작은 마음을 전했을 뿐인데 그 작은 마음이 큰 위로와 힘이 되었던 거야. 그래서 그날 이후로도 2년여 동안 계속해서 응원의 간식과 메시지를 보내드렸어. 그런 엄마의 마음을 기억하고 계시던 보건소장님이 어느 날 많은 분들의 감사 메시지가 담긴 사진과 동영상을 보내주셨단다. 사실 그때 엄마는 예기치 못했던 일을 겪은 후 힘든 시간을 보내고 있던 중이었어. 그런데 전혀 생각지도 못했던 선물에 큰 감동을 느꼈고 그로 인해 삶에 큰 위로와 힘이 되었단다. 그때의 감동은 아마 내 인생에서 잊지 못할 순간 중 하나로 기억될 거야.

살아가면서 너도 느끼게 될 거야. 시간이 조금 걸릴지라도 진심은 언제나 진심을 알아본다는 것을. 그리고 타인에게 전한 감동은 언젠가는 고스란히 내게 돌아오기 마련 이라는 것을 말이야.

굳이 거창한 것이 아니어도 괜찮아. 진심을 담아 전하는 말 한마디도 누군가에는 감동이 될 수 있는 거야. 철학자 존 호머 밀스는 "삶이란 우리의 인생 앞에 어떤 일이 생기느냐에 따라 결정되는 것이 아니라 우리가 어떤 태도를 취하느냐에 따라 결정되는 것"이라고 했어. 우리에게 주어진 하루하루를 어떤 생각을 가지고 타인에게 어떤 말을 건네고, 어떻게 행동하느냐에 따라 우리 삶의 가치는 달라진단다. 세상의 모든 것들은 우리가 어떤 선택을 하느냐에 따라 달려 있다는 것 또한 기억해주렴.

Give and Take. 주고받는 것이 세상의 기본적인 이치란다. 마음도 마찬가지야. 마음을 주면 마음을 받을 수 있어. 그러니 누군가 먼저 손 내밀어주길 기다리지 말고 네가 먼저 감동을 주는 삶, 감동이 함께하는 삶을 살아갔으면 해. 그러면 그 감동은 고스란히 부메랑이 되어 너에게 되돌아올 거야. 감동의 크기가 배가 되어 말이야. 사랑해, 딸. 감동이 습관이 될 수 있도록 우리 노력해보자!

ps. 너와 함께하는 모든 시간이 엄마에겐 행복이자 감동이었어. ✱

누군가 먼저 손 내밀어주길
기다리지 말고 네가 먼저
감동을 주는 삶을 살아갔으면 해.

배려

"친절은 누군가의
하루를 살리는 마법이다."

우리 딸, 요즘 무슨 힘든 일 있니? 별로 말도 없고, 웃음
도 많이 줄었구나. 평소 다정하고 잘 웃던 네 얼굴에 웃음
이 없으니 마음이 아프구나. 오늘은 사람을 웃기고 울리는
'배려'에 대해 말해볼까 해.

사람들이 꽃을 좋아하는 이유가 뭘까? 형형색색의 고
운 자태를 지닌 꽃을 바라볼 수 있는 즐거움과 더불어 그
윽하고 향기로운 꽃내음까지 맡을 수 있기 때문일 거야.
향기가 더해져 더욱 아름다운 꽃처럼 우리 삶을 아름답게 하고 사람을 더 빛나게 하는 것 중 하나가 바로 배려란다.

배려는 특별한 무언가가 아니란다. 뒤따라오는 사람을 위해 문 잡아주기, 노약자가 길을 건널 때 도와주기, 배달할 것이 많은 택배기사를 위해 엘리베이터 기다려주기 등 일상에서도 얼마든지 실천할 수 있어. 누군가에게 먼저 건넨 따뜻한 말 한마디, 상냥한 인사, 환한 웃음 같은 아주 사소한 것들이 삶을 더 풍요롭게 하고 의미를 더해주는 것이란다.

예전에 택배기사님과 함께 단둘이 엘리베이터에 탄 적이 있어. 어지럽게 놓인 20여 개의 택배 상태도 그렇고, 초보로 보이는 젊은 기사님이셨어. 엘리베이터에 탔더니 기사님이 7개 층을 눌렀는데 뭘 잘못 눌러서 버튼이 다 초기화가 되어버린 거야. 그래서 지하 1층까지 내려갔다가 다시 올라가게 되었단다. 기사님은 당황하며 다시 버튼을 누르며 미안하다고 했어. 그러면서 23층인 우리 집부터 먼저 가자는 거야. 그래서 엄마는 그사이에 다른 사람들이 많이 타면 계속 지체될 수 있으니 걱정하지 말고 천천히 하시라고 했어. 그렇게 모든 택배 배송을 마친 기사님이 23층에서 내리는 엄마를 향해 나지막한 목소리로 이렇게 말했단다. "기다려주셔서 정말 고맙습니다. 좋은 하루 보내세요!" 땀으로 흠뻑 젖은 얼굴에 치아가 다 드러날 정도로 환하게 웃던 그 모습을 보니 엄마도 웃음이 절로 나왔던 기억이 나는구나.

친절은 배려의 또 다른 이름이란다. 친절은 때론 다른 사람에게 작은 위로가 되고, 살아갈 힘을 주고, 마음 한가득 웃음꽃을 피우는 마법 같은 힘을 지녔어. 누군가에게 마법을 선사했다는 것만으로 스스로 뿌듯함을 느낄 수 있고 말이야. 그렇게 진심이 담긴 친절은 다른 사람에게 너와 나, 모두가 함께 성장할 수 있는 길이란다.

내가 받은 친절은 그것을 준 상대가 아닌 다른 사람에게 베풀어야 한다는 글을 본 적이 있어. 그래야 비로소 선한 영향력이 돌고 돌 수 있기 때문이래. 문을 들어설 때 누군가가 잡아주면 나도 뒤따라오는 사람을 위해 잡아주고 그 사람도 다른 이를 위해 잡아주게 되는 법이야. 그렇게 선순환이 일어나면서 선행이 자연스레 퍼지게 되는 것이란다. 배려는 곧 존중이야. 그렇게 한 사람으로서 존중받는 느낌이 들기 때문에 배려가 담긴 사소한 행동에도 가슴 따뜻해지고 감동받게 되는 것이란다. 상대방을 이해하고 배려하는 마음으로 세상을 살아간다면 너 또한 누군가의 마음속에 아름다운 사진으로 남게 될 거야. 그로 인해 너 역시 전혀 생각지 못했던 곳에서 삶의 특별한 선물을 받을 수 있어.

스위스에서 서비스는 직원과 손님 모두의 몫이라고 해. 손님은 마트 계산대에 물건을 일렬로, 바코드가 직원에게 보이는 방향으로 올려둔대. 직원이 좀 더 편하게 계산할 수 있도록 돕기 위해서지. 상대방의 관점에서 조금 더 생각할 줄 아는 마음의 여유를 지니는 것이 배려의 시작점인 것 같아. 피아노 건반 하나를 눌러 소리 내기 위해서는 약 50그램의 무게가 필요하다고 해. 그 미약한 힘이 바로 건반을 움직이고, 그것이 피아노 현을 때려서 세상에 없던 음 한 조각을 빚어내는 거지. 이처럼 사소하고 미약한 것들이 모이고 모여 세상을 더욱더 아름답고 풍요롭게 만드는 것이란다. 사랑해, 딸. 별것 아닌 것 같은 너의 배려가 세상을 따뜻하게 만드는 큰 힘이 될 수도 있다는 것을 항상 기억해주렴.

ps. 스스로에게 친절한 사람이 되는 것도 중요해. 오늘 너의 하루를 살리는 마법은 무엇이었니? ✿

뒤따라오는 사람을 위해 문 잡아주기,
노약자가 길을 건널 때 도와주기,
택배기사를 위해 엘리베이터 기다려주기.
배려란 특별한 무언가가 아니란다.

긍정

"생각을 바꾸면
세상이 바뀐다."

우리 딸, 요즘 이런저런 고민이 많은 것 같구나. 무언가 잘해보려 나름대로 노력은 하는데 마음처럼 쉽지 않기도 하고 실패가 반복되니 자존감도 떨어지지? 이런 상황을 어떻게 잘 극복하고 어떤 마음가짐으로 살아야 하는지 고민이 될 수밖에 없을 거야. 이럴 때 필요한 마인드가 바로 '긍정'이라는 생각이 드는구나.

예전에 박승희 전 쇼트트랙 국가대표가 방송에서 소치 올림픽에서 있었던 일화를 얘기했던 적이 있단다. 여자 쇼

트트랙 종목 중 가장 먼저 열린 500미터 경기에서 그녀는 선두로 달리고 있었어. 그런데 뒤에서 자리 싸움을 벌이던 선수 두 명이 넘어지면서 그 영향으로 덩달아 같이 넘어졌던 거야. MC가 그때 어떤 기분이 들었냐고 묻자 그녀는 해맑은 모습으로 이렇게 대답했어. "2등 해야지~!" 그런 생각을 하고 일어나 달리려다 또 넘어졌지만 오뚝이처럼 벌떡 일어나 끝까지 완주했어. 그 결과 그녀의 목엔 아주 값진 동메달이 걸렸단다. 그때 입은 무릎 부상은 생각보다 심각해 치료에 집중하기 위해 1500미터는 포기했고, 팀원들에게 피해를 줄 수 있단 생각에 3000미터 계주 참가도 막판까지 고민했다고 해. 그런데 동료들이 용기를 북돋아줬고 그녀의 부상 투혼이 빛을 발해 3000미터 계주와 1000미터에서 금메달을 따내며 2관왕에 올랐단다.

1500미터, 3000미터 계주도 아니고 500미터는 거리가 짧아서 넘어지는 순간 포기하기가 쉬울 텐데 어떻게 그런 결과를 낼 수 있었을까? 그것은 바로 그녀의 긍정적인 마음가짐에서 비롯된 것이 아닐까 싶구나. 긍정의 힘은 우리

의 건강과 행복도는 물론 삶 전반에도 크나큰 영향을 미친
단다.

　우리는 누구나 자신이 행복하기를 원하지만 똑같은 상
황이 주어진다 해도 어떤 이는 행복하고 어떤 이는 불행하
다 느끼기 마련이야. 예전에 성공하는 사람과 실패하는 사
람을 연구한 자료를 본 적이 있는데, 그 결과를 보며 공감
이 갔었어. 두 사람이 연구에 참여했는데, 그들은 외모도
목소리도 비슷했어. 만약 처음 본 사람이라면 둘이 친구라
고 의심할 정도라고 하니 얼마나 비슷했는지 짐작이 갈 거
야. 실제로 그 둘은 연구를 하면서 친해졌대.

　하지만 연구가 끝난 뒤 그 두 사람의 행동은 완전히 달
랐어. 연구가 끝나고 두 사람은 같은 액수의 사례비를 받
게 되었어. 적지 않은 액수였지. 이때 성공한 사람은 그 돈
을 받으며 "고맙습니다. 다음에 또 이런 좋은 연구에 불러
주시면 성실한 태도로 임하겠습니다. 그리고 모든 연구원
분들 수고하셨습니다." 이렇게 말했대. 다른 한 사람은 "이

것 밖에 안 돼요? 내가 얼마나 노력했는데, 조금만 더 줄수 없나요? 제 가치가 이 정도 밖에 안 되나요?"라고 말하며 불평불만을 늘어놓았대. 두 사람의 차이가 느껴지니? 이건 단순히 성공과 실패의 문제만이 아니란다.

딸, 긍정적으로 사는 방법이 어렵게만 느껴지니? 생각을 바꾸는 가장 간단한 방법은 바로 충분히 자고, 책을 읽고, 산책을 하는 것이래. 어떻게 이런 단순한 방법들이 큰 영향력을 발휘할까 의문이 들기도 하겠지만, 행복도가 더 높아지고 질병에도 덜 걸리게 되면서 긍정적인 생각을 많이 하게 되는 사람이 된다는 연구를 보았어.

똑같은 유리병인데 누군가는 그 병을 꽃병으로 사용하고, 또 누군가는 담배꽁초를 버리는 쓰레기통으로 사용하듯 마음속에 어떤 생각들을 담느냐에 따라 삶이 달라져. 마음먹기에 따라 행복도, 성공도 뒤따라오는 것이 삶의 이치란다. 내 마음속에 무엇을 담을지 선택할 수 있는 사람은 오직 나뿐이란 사실을 명심하렴. 엄마는 우리 딸이 조금이라도 덜 후회하는 삶을 살아갈 수 있기를 항상 응원하고 기도할게. 사랑해, 딸. 오늘 하루도 무탈하게 잘 살아줘서 고마워!

ps. 어디로 가야 할지 모르겠다면 어디든 갈 수 있다는 자신감을 가지렴! ✽

내 마음속에 무엇을 담을지

선택할 수 있는 사람은

오직 나뿐이다.

평범

"어제와 다를 바 없는
오늘이 행복이다."

안녕, 우리 딸. 너에게 쓰는 마지막 편지야. 요즘 많이
힘들고 답답하지? 코로나 이후 아무도 예상하지 못했던
세상이 찾아왔고, 그 누구도 경험하지 못했던 삶이 이젠
일상이 되어버렸구나. 당연하던 것들이 당연하지 않은 일
상을 살아가면서 만감이 교차할 거야. 자연재해라는 자연
의 분노 앞에서 언제나 인간은 그저 무력한 존재였듯, 눈
에 보이지도 않는 코로나 바이러스는 전 세계 인류를 혼란
에 빠뜨렸어. 그 앞에서 우리는 힘없이 손을 들고 말았지.
지구는 오래전부터 세계 곳곳의 이상기후 현상을 통해 계속해서 우리에게 경고를 보냈어. 코로나 또한 지구가 인간에게 보내는 경고 중 하나란 생각이 들더구나.

어쩌면 그칠 줄 모르는 인간의 탐욕이 불러온 당연한 결과일지도 몰라. 코로나로 세상이 멈춘 시간 동안 오히려 지구가 힐링하고 있다는 기사를 본 적이 있어. 자연에서 인간이 사라지자 인위적으로 파괴되었던 것들이 다시 자연의 힘으로 되살아난 거야. 세계 곳곳에서 코로나 확산을 막기 위해 사람들의 외출을 금지시키기도 하고, 자발적으로 바깥활동을 자제한 덕분이라고 해. 어쩌면 지구 입장에선 인간이 바이러스 같은 존재라서 인간의 활동을 멈추게 하는 코로나가 백신 역할을 했겠다는 생각이 들더구나.

이제 세상은 코로나 이전과 이후로 구분될 만큼 일상의 모든 것이 달라지고 있어. 그로 인해 너무나도 당연하다고 생각했던 일상들이 이제는 더 이상 당연한 것이 아닌 세상이 되어버렸지. 코로나로 인해 예전과 같은 일상을 누리지 못한다는 사실은 네게도 받아들이기 힘든 현실이었을 거야. 어느 날 네가 잠들기 전에 갑자기 마스크 없이 산책하고, 마음껏 뛰어놀던 시간이 그리워서 예전으로 돌아가고 싶다고 말하며 눈물을 흘렸었지. 엄마로서 참 가슴이 아팠어. 어린 너를 꼭 안고 머리를 쓰다듬으며 위로를 해줬지만 네 마음을 달래주기엔 부족했다는 것을 잘 알아. 보고 싶은 사람들과 자유롭게 만나 맛있는 밥 한 끼 먹는 것조차 마음 편히 허락되지 않는 세상이 될 줄 그 누가 예상이나 했을까.

앞으로 살아가면서 이처럼 예상치 못한 일들이 많이 생길 거야. 그럼에도 불구하고 희망을 잃지는 말았으면 해. 우리 어둡고 캄캄한 곳이 아닌 환하고 빛이 나는 곳을 바라보면서 살자. 어둠 속에서 반짝이는 별은 그것을 바라보는 이들에게만 빛을 주는 법이거든. 우리가 함께 부르던 노래 가사처럼 우리가 살아왔던 평범한 나날들이 얼마나 소중한지 알았으니 앞으로 주어진 날들을 선물이라 생각하며 살아갔으면 해.

삶의 만족도가 높은 직업 조사와 관련된 글을 본 적이 있어. 그중에 사진작가가 있었고 다음으로는 작가와 작곡가가 있었단다. 소득 수준과 상관없이 작가의 직업 만족도가 높은 이유에 대해 누군가가 썼던 글이 공감 갔어. 작가에게 있어 글을 쓴다는 것은 매일 같이 반복되는 평범한 일상을 그냥 지나치지 않고 그 안에서 의미를 발견하는 작업이기 때문이라고 말이야. 일상 속에서 아름다운 가치를 발견하는 것이 생활화가 되었기에 가능한 일인 듯해.

어제와 다를 바 없는 오늘인 것 같지만 그 안에서 아름다움을 느낄 수 있는 사람들은 행복 지수가 높을 수밖에 없어. 인생의 부를 결정하는 것은 얼마나 많이 가졌느냐보다는 얼마나 많이 느끼고 감동하며 살았는가라고 하더구나. 이것이 사진작가, 작가, 작곡가의 공통분모라서 직업 만족도와 직결되는 것이라는 생각이 들어. 사실 행복하게 사는 데 그다지 특별한 것이 필요하진 않아. 단지 어떤 생각을 하며 사느냐 하는 관점의 문제란다.

우리의 인생은 지극히 평범한 일상의 연속이야. 영화처럼 특별하고 드라마틱한 순간을 맞이하는 것은 행운과도 같은 일이지. 어쩌다 한두 번, 아니 어쩌면 평생 한 번도 찾아오지 않을 수도 있어. 그런 행운을 기다리기보다 지금 우리가 누리고 있는 기적이자 축복 같은 일상을 만끽하면 좋겠구나. 사소한 일에도 감사하고, 웃고, 감동하고, 따뜻한 마음을 잃지 않는 능력을 가진다면 우린 얼마든지 행복하고 특별한 순간을 누리며 살 수 있어. 그렇게 코로나 이전의 당연하고 평범하다고 생각했던 그 소중하고 특별한 순간을 우리 함께 기다려보자. 사랑해, 딸. 겨울이 아무리 길어도 봄은 언제나 찾아온다는 것을 기억해주렴!

ps. 너와 함께하는 모든 시간이 엄마에겐 가장 큰 축복이자 행복이란다. 엄마의 딸로 태어나줘서 정말 고마워, 딸. ✿

평범한 일상의 행복이 가장 소중한 행복이다.

내일 엄마가 죽는다면

2022년 4월 29일 초판 1쇄 발행
2024년 10월 1일 초판 5쇄 발행

지 은 이 | 강성화
그   림 | 김윤택
펴 낸 이 | 서장혁
책임편집 | 장진영
디 자 인 | ROOM 501
마 케 팅 | 최은성

펴 낸 곳 | 봄름
주   소 | 서울특별시 마포구 양화로161 케이스퀘어 727호
T E L | 1544-5383
홈페이지 | www.tomato4u.com
E-mail | edit@tomato4u.com
등   록 | 2012.1.11.
I S B N | 979-11-90278-98-0 (03810)

봄름은 토마토출판그룹의 브랜드입니다.

• 잘못된 책은 구입처에서 교환해드립니다.
• 가격은 뒤표지에 있습니다.
• 이 책은 국제저작권법에 의해 보호받으므로 어떠한 형태로든 전재, 복제, 표절
  할 수 없습니다.